www.ingramcontent.com/pod-product-compliance
Lightning Source LLC
LaVergne TN
LVHW010347070526
838199LV00065B/5800
* 9 7 8 9 3 5 8 7 2 3 1 1 3 *

# کچے دھاگے

(افسانے)

عصمت چغتائی

© Taemeer Publications LLC

**Kachche Dhaage** *(Short Stories)*

by: Ismat Chughtai

Edition: August '2024

Publisher :

*Taemeer Publications LLC* (Michigan, USA / Hyderabad, India)

ISBN 978-93-5872-311-3

9 789358 723113

مصنفہ یاناشر کی پیشگی اجازت کے بغیر اس کتاب کا کوئی بھی حصہ کسی بھی شکل میں بشمول ویب سائٹ پر اَپ لوڈنگ کے لیے استعمال نہ کیا جائے۔ نیز اس کتاب پر کسی بھی قسم کے تنازع کو نمٹانے کا اختیار صرف حیدرآباد (تلنگانہ) کی عدلیہ کو ہو گا۔

©تعمیر پبلی کیشنز

| | | |
|---|---|---|
| کتاب | : | **کچے دھاگے** (افسانے) |
| مصنفہ | : | **عصمت چغتائی** |
| صنف | : | فکشن |
| ناشر | : | تعمیر پبلی کیشنز (حیدرآباد، انڈیا) |
| سالِ اشاعت | : | ۲۰۲۴ء |
| صفحات | : | ۱۲۸ |
| سرورق ڈیزائن | : | تعمیر ویب ڈیزائن |

## فہرست

| | | |
|---|---|---|
| (۱) | کہانی | 7 |
| (۲) | کچے دھاگے | 18 |
| (۳) | بہو بیٹیاں | 31 |
| (۴) | بمبئی سے بھوپال تک | 46 |
| (۵) | کدھر جائیں | 79 |
| (۶) | کیڈل کورٹ | 95 |
| | فسادات اور ادب | 110 |

## عصمت چغتائی کے افسانے

عصمت چغتائی کے افسانے درحقیقت ایک 'انسائیکلوپیڈیا' ہیں۔ جن میں عورت کے حوالے سے معلومات کی ایسی روشنی موجود ہے کہ کھلی آنکھوں سے مطالعہ کرنے والوں کے ذہن اور قلب منور ہوتے چلے جاتے ہیں۔ عصمت چغتائی نے عورت ذات ہونے کے ناطے انسانی جذبات و احساسات، فطرت و جلّت، مجبوری و بے بسی، اُمنگوں، نفسیاتی الجھنوں، جنسی مسائل، سماجی و معاشرتی روایات، شوخیوں، شرارتوں، بناوٹوں، تصنع، عداوتوں اور خباثتوں کا بنظر دقیق مطالعہ کیا ہے۔ عورت کی انسانی کمزوریوں کی طرف سے انہوں نے آنکھ بند نہیں کی بلکہ عورت کے ہر طرح کے رنگ ڈھنگ ہمارے سامنے لاکر ان کی تہہ میں چھپے ہوئے کرب اور بے چارگی و بے بسی کو نمایاں کیا ہے۔

عصمت چغتائی نے اپنے افسانوں کے ذریعے ہر عمر کی پردہ نشین گھریلو خواتین اور گھر سے باہر کی عورتوں کی نفسیات اور ان کی جنسی احساسات و جذبات کے بیان میں انتہائی دروں بینی، داخلیت اور بے باک حقیقت نگاری سے کام لیا ہے۔ عصمت کے ان افسانوں میں ان کی غیر معمولی صلاحیت دیکھنے کو ملتی ہے اور ایک ایسی فنکار عورت کی شبیہ اُبھرتی ہے جو بے خوف اور نڈر ہے۔ یہ باغی عورت نتائج سے بے پرواہ ہو کر مظلوم اور معصوم عورتوں کے بارے میں مختلف زاویوں سے لکھتی ہے۔

عصمت نے ان عورتوں کے بارے میں کھل کر لکھا ہے، جن کی زندگی ادھوری اور ناکام رہی، جو چہار دیواری میں پلیں اور جن کی عمر آنگنوں اور دالانوں میں سہمی سہمی گزر گئی۔ اس زاویہ سے دیکھا جائے تو کہا جا سکتا ہے کہ عصمت کی کہانی نے اردو نسائی فکشن کی روایت میں ایک غیر معمولی تاریخی رول ادا کیا ہے۔

# کہانی

پرانے زمانے میں ایک بادشاہ تھا...... پرانے زمانے میں بادشاہی کو ہونے کا حق حاصل تھا۔ معلوم نہیں رعایا وغیرہ بھی ہوتی تھی یا نہیں۔ ضرور ہوتی ہوگی ورنہ وہ بیچارہ بادشاہ پھر کس کا ہوسکتا تھا اور اس بادشاہ کے یا تو سات لڑکے ہوتے تھے اور یا صرف ایک، یا سات لڑکیاں ہوتی تھیں یا ایک اور اس بادشاہ کے سب سے چھوٹے یا سب سے بڑے لڑکے کو کسی حسین ترین شاہزادی کی جوتی یا آنچل دیکھ کر عشق ہو جایا کرتا تھا اب ظاہر ہے کہ روٹی کپڑے کی فکر سے آزاد غریب شاہزادہ عشق کے سوا اور کر ہی کیا سکتا ہے۔ اس کا باپ بھی اسی طرح عشق میں جُتا رہتا تھا۔ کیونکہ اس کا دادا اس کے باپ کا بھی کفیل ہوتا تھا اور یوں ہی یہ کاروبارِ عشق اور مفت خوری پُشت ہا پشت سے چلی آرہی تھی۔ ہاں کبھی کبھی شہزادے پر کوئی نہایت عجیب و غریب قسم کی مصیبت نازل ہو جایا کرتی تھی۔ وہ حور وش جس کے جوتے پر وہ ایک جان چھوڑ ہزار جان سے عاشق ہو جایا کرتا۔ وہ حسینہ

اس کا بڑا ناک میں دم کرتی۔ نہایت ڈھٹائی سے اسے چڑیا کے دودھ اور بلی کے انڈوں کی قسم کے کوئی شئے لانے کا حکم دے دیتی اور وہ بیچارہ بغیر چون وچرا گھوڑے پر بیٹھ کر چل کھڑا ہوتا۔ ایک دفعہ بھی تو اس احمق کے دل میں یہ خیال نہ آتا کہ یہ نیک بخت ان واہیات چیزوں کو منگا کر کیا کرے گی کیوں خواہ مخواہ حیران کر رہی ہے۔ اس سے تو بہتر ہے کہ اس ابلہانہ مہم پر جانے کے عوض ہم دونوں محبت میں وقت گزاریں۔ مگر نہیں یہ وہ کیسے کر سکتا تھا اس کا باپ تو اس سے بھی زیادہ بے معنی چیزیں لا چکا تھا اور دادا بھی۔ یہ اس کی آبائی حماقتیں شاید مجبور کر دیتی تھیں اُسے۔

اب یا تو وہ وزیر زادے کو ساتھ لے لیتا جو سائڈ ہیرو کی خدمت انجام دیتا اور اس کی کسی اور معشوقہ کی دوست یا وزیر زادی سے عشق لڑوانے کے کام میں لایا جاتا تھا یا کسی ضرورت سے زیادہ فرماں بردار خادم کو ساتھ لے جاتا جو موقع بہ موقع جاں نثاریاں دکھاتا رہتا۔

راستے میں اُسے قسم قسم کی معشوقائیں ملتیں، ان میں بعض تو چڑیلیں ہوتیں جو جادو سے عاشق صاحب کو سور یا گھوڑا بنا دیتیں اور بڑی مشکلوں سے وہ پھر انسان کے قالب میں آتا اور بعض مصیبت زدہ ہوتیں جنھیں وہ آزاد کر کے چھوڑ جاتا۔ واپسی پر انھیں مال غنیمت کی طرح سمیٹتا لاتا۔ جن اور اژدھے بھی ملتے جنھیں وہ جان سے مار کر یا غلام بنا کر منزلِ مقصود پر پہونچ جاتا اور چڑیا کا دودھ اور بلی کے انڈے قبضے میں کر کے پلٹ آتا۔

لیجئے شہزادی بھی کھٹاک سے شہزادے پر عاشق ہو جاتی۔ معلوم نہیں

شادی کے بعد وہ چڑیا کے دودھ اور بلی کے انڈوں سے کیا کام لیتی۔ ہمیں تو بس اس سے بحث ہے کہ جیسے خدا نے ان دونوں کے دن پھیرے، ہمارے تمہارے نہیں پھیرتا۔ دنیا بدل گئی ہے۔ آہ وہ حسین نورانی دُنیا ——— ستاروں سے میلوں آگے والی دنیا۔ اب کہاں؟ وہ کتابیں بھی تو اب کیڑے کھا گئے اور بادشاہ لوگ بھی کچھ ماند پڑ گئے ہیں۔ کوئی نہیں جانتا کہ ان بیچاروں کے کتنے لڑکے اور لڑکیاں ہیں اور انھیں عشق میں کیا کیا دکھ اٹھانا پڑتے ہیں۔ ہماری کہانیوں کے ہیرو کے پیر بہکے اور ایک سیڑھی نیچے پھسل آیا۔ بادشاہی لٹ گئی اور صرف نوابی رہ گئی۔ خیر جی باپ دادا کا دیا ہوا اتنا بھی باقی رہا کہ عشق بے فکری سے کیا جا سکے۔ شہزادیاں نہ رہیں تو ان کی جانشین طوائفیں تو اللہ رکھے موجود ہیں رزق اتنا ہے کہ طوائف کے مشاغل کو پیشہ کہتے ہیں اور نواب زادی کے پیشے کو رومان ایک کو روپیہ کی ضرورت ہے، دوسری کو اللہ نے دیا ہے۔ لہٰذا ابد ان ضرورت مند کے ہاتھ رہا۔ اب ان نئی معشوقاؤں کے انداز بھی وہی رہے۔ انھوں نے تو چڑیا کے دودھ اور بلی کے انڈوں سے بھی زیادہ ٹیڑھی فرمائشیں کیں۔ انھوں نے کوہکن کو کانِ زر سمجھ کر سنہری روپہلی نہریں سونت لیں۔ وہ تیشے چلائے کہ سوت پھوٹ نکلی اور پھر حضرت عاشق سوکھی گائے کی طرح تھان سے نکال دیے گئے۔

اور پھر دنیا کی قلابازیوں سے بدحواس ہو کر ہیرو زمیندار بنا۔ پھر لُٹ کھسٹ کر سیدھا سادا انسان رہ گیا۔ لوٹ پوٹ کر جب یہ ہیرو شہزادے سے انسان بنا تو بھی اس نے وہ اپنا پُرانا پیشہ نہ چھوڑا۔ سوائے عشق اور

دھندا ہی کچھ نہیں۔ کوئی کہانی کوئی قصہ جب تک مکمل نہیں ہو سکتا جب تک کہ ہیرو کسی ہیروئن پر عاشق نہ ہو جائے۔ اگر وہ کلرک ہے تو منیجر کی لڑکی کے موٹر کی خاک پھانکے۔ اگر طالب علم ہے تو پروفیسر کی لڑکی یا اور کسی طالبہ علم کا دُم چھلا بن جائے۔ مزدور ہے تو سیٹھ کی بیٹی کی بانکی چتون کا شکار ہو جائے اگر بے روزگار ہے تو کمپنیوں کے مالکوں کی لڑکیوں پر فدا ہو کر اپنی ساری ناکامی کا الزام ان کے سر تھوپ دے۔ اگر گاؤں سدھار کو جائے تو زمیندار کی لڑکی پر مر مٹے۔ ملک کی خدمت کو جائے تو چھانٹ کر دشمنانِ قوم کی لڑکیوں سے آنکھ لڑائے۔ غرض عاشق ہونے کا پکا انتظام ہو ورنہ وہ ہیرو نہ بن سکے گا۔ عشق چونکہ اندھا ہے۔ اس کا بہت خیال رکھے کہ کہیں خدا نہ کرے عشق میں کامیابی آسانی سے نہ ہو جائے۔ عشق وہی زوردار ثابت ہوتا ہے جس میں معشوق کا عاشق کے گلے میں مستقل عذاب کی صورت میں لٹک جانے کا خدشہ نہ ہو ورنہ سارا عشق کرکرا ہو جائے گا۔ اگر محبوبہ دمے کی طرح دم کے ساتھ ہو جائے اور ہر سال ایک وبال کا اضافہ کرنے پر تل جائے تو سمجھ لیجئے ہیرو دیت کے گلے پر الٹی چھری پھر گئی۔ اگر خدا نہ کرے یہ مصیبت ٹوٹ پڑے تو واجب ہے کہ ہیرو پھر کسی ناممکن سی جگہ عشق کرے ایسی لڑکی سے جو کسی صورت سے بھی اس کی زندگی میں نہ کود سکے۔ وہ صرف عشق کرتا رہے اور یہی اُسے زیب دیتا ہے کیونکہ وہ ہیرو ہے اور ہیرو کے سینے میں دل ہوتا ہے تو اس میں سوائے سودائے عشق اور کیا ٹھونسا جا سکتا ہے۔ یہ ساری لے دے عشق ہی کی تو ہے جب علیحدہ دل کا شغل مبوتری سے جو گھٹتی

نہیں ہو سکتی اسی طرح اس لمبوتری سی شے میں سوائے جنونِ الفت اور کچھ نہیں سما سکتا۔

اور جب ہیرو کہیں عشق کا کانٹا مارے تو لازم ہے کہ بس اسی کی دھن میں سینہ کوبی کرتا، سرد آہیں بھرتا قدم مارتا چلا جائے۔ اسے قطعی اس بات کی ضرورت نہیں کہ وہ پل بھر کو بھی سوچے کہ وہ کس دنیا میں رہتا ہے اور کیوں رہتا ہے۔ اسے جو تنخواہ ملتی ہے وہ زندگی کے جملہ ٹیکس چکانے کے لئے کافی ہے یا نہیں اور کیوں؟ اسے تو بس دنیا کا سب سے بڑا ظلم یہی نظر آتا ہے کہ اس کی منظورِ نظر وقتِ ضرورت اس کی آغوش میں نہیں آتی۔ وہ اگر کنواری ہے تو اس کا کوئی کٹکھنا سا رشتہ دار گنڈلی مارے اس کے گرد پہرہ دے رہا ہے۔ اگر شادی شدہ ہے تو اس کا نالائق اور ناکارہ، جی ہاں ناکارہ ہی موا کمبخت، شوہر وقت بے وقت آ ٹپکنے کی دھمکی دیتا ہے۔ اور اگر آزاد پیشہ ہے تو کمبخت جسم کو بیچتی ہے مفت نہیں بانٹتی۔ بھاؤ تاؤ کرتی ہے۔ ندی نالے کی طرح ہر پیاسے کو سیراب نہیں کرتی اور اگر مفت لنگر بانٹنے کو تیار بھی ہو جائے تو گھر کی مالکہ طوفانِ بدتمیزی برپا کئے دیتی ہے۔ اگر گاؤں کی الھڑ چھوکری ہے تو کمبخت کے پیٹ میں بچہ رہ جاتا ہے جسے سماج بن بلایا مہمان یا بنا پرمٹ کا غیر ملکی سمجھتی ہے۔ ایک مصیبت ہو تو کوئی بھگتے۔ اس سے تو کہیں سیدھے بیچارے پرانے زمانے کے دیو بھوت ہوتے تھے کہ ہیرو مزے سے ٹپ کے ہاتھ دکھاتا انھیں پھونکوں سے اڑاتا چلا جاتا تھا۔ لیکن یہ آج کل کی مصیبتیں تو بس ہر قدم پہ اڑنگا لگاتی ہیں۔

اب رہی ہیروئن۔ تو یہ وہی پرانے زمانے کے ایک بادشاہ کی کوئی سی لڑکی ہونی چاہیئے۔ وہی جو اپنے عاشقوں کو متوجہ کرنے کے لئے جوتیاں اچھالا کرتی تھی۔ اس شاہزادی کا خوبصورت ہونا، اور جو کمبخت کافی کھڑی ہوئی تو شہزادہ اسے جوتے سے کھال اُدھیڑ کر چلتا بنے گا، وہ بھی شہزادے کو جھری جھروکے سے دیکھ کر بے ہوش ہو جاتی تھی۔ خود بے طرح عاشق ہو کر بھی وہ ظالم عاشق کو تگنی کا ناچ نچا کر ہی قبول لیتی تھی۔ ٹھنڈی آہیں بھرنے اور آنسو بہانے کے علاوہ اُسے کچھ اور دوسری نہیں کرنی پڑتی تھی۔ یہ معشوق کا کردار تو بس آسانی سے نباہا جا سکتا ہے۔ ذرا آنچل لہرا دینا۔ آنکھوں سے از قسم تیر و تفنگ برسا دینا یا پھیل پھیل کر انگڑائیاں لینا، سینے پر سے دوپٹہ پھسلا دینا اور دو چار کام آمد نکلے، بس کافی ہے۔ جب شہزادے کا راج پاٹ چھنا تو شہزادی بھی دنیا میں پھسل آئی، مگر حسن کی بجلیاں برابر کوندتی رہیں۔ زندگی کے ہر موڑ، ہر نکڑ پر وہ اپنی رعنائیوں کا پٹارہ لئے تاک میں کھڑی رہتی ہے کہ ہر آنے جانے والے پر دے مارے اور پھر جب دونوں طرف برابر آگ لگ جاتی ہے، مصائب اپنے پھن اٹھاتے ہیں۔ پہلے تو اس کے باپ بھائی ہی پہرہ دیتے ہیں۔ پھر یا تو اس کے عاشق کا رقیب اسے بیاہ لے جاتا ہے اور عاشق مڑ مڑ کر دیکھتا رہ جاتا ہے یا کافی بھاگم بھاگ کے بعد عاشق ہی کامیاب ہو جاتا ہے۔ اول الذکر حالات میں عشق خوب پروان چڑھتا ہے۔ لیلیٰ مجنوں، شیریں فرہاد، ہیر رانجھا والی بات رہتی ہے اور آخر الذکر حالت میں ہیرو ہیروئن وہاں چلے جاتے ہیں جہاں سے کوئی بھی خبر نہیں آتی یعنی گھر گرہستی کے چکر میں سب

داؤپیچ ختم ہو جاتے ہیں۔

ہیروئن کے لئے لازمی ہے کہ عشق کے ہاتھوں مجبور ہو اور شادی کرتے وقت وہ سماج اور والدین کے سر سارا الزام منڈھ دے۔

ہیروئن کے لئے یہ بھی بہت ضروری ہے کہ وہ تعلیم یافتہ ہو۔ کیونکہ تعلیم پاکر وہ نہایت خرانٹ ہو جاتی ہے۔ وہ ٹھیک بھی کچھ بھول بھال جاتی ہے عین کو قع پر شرما کر نیچی نظروں سے تیر برسانے میں قطعی نیل، آنچل ڈھلکا کر سینے کا ابھار دکھلانے کا رتی بھر سلیقہ نہیں۔ نہایت کھری اور تیکھی ہوتی ہے اور جو کوئی ذرا جاندار ہوتی ہے تو وہ سخت بدمعاش ہوتی ہے۔ بالکل طوائف کی سی باتیں اور وہ ہتھکنڈے، یقین نہ آئے تو فلم کمپنیوں کے ڈائرکٹروں سے پوچھیئے۔ وہ آپ کو بتا دیں گے کہ تعلیم یافتہ لڑکی ہیروئن ہو ہی نہیں سکتی وہ کچھ ہو سکتی ہے تو وہی جو ایک ڈائن ہو سکتی ہے۔ ہیروئن کو صرف اتنا پڑھانا چاہیے کہ وہ عاشقانہ خط لکھ اور محبت نامے پڑھ سکے۔

لیکن سب سے زیادہ کارآمد ہیروئن وہ ہے جو آپ کو گاؤں میں ملتی ہے۔ نہایت الھڑ۔ آسانی کے لئے چوٹی چھٹی اور لہنگا بسر پر لگا مفت میں ہاتھ آجائے گا۔ اب وہ خواہ تیر نظر برسائے یا نہ برسائے سچی محبت کھٹ سے ہو جائے گی۔ اس کے باپ بھائی بھی مزید آسانی بہم پہونچانے کو ہل میں جتے رہتے ہیں۔ لہذا بڑے آرام سے ہمارا ہیرو ندی کے کنارے جا سکتا ہے۔ وہاں ہیروئن بکریاں چراتی مل ہی جائے گی۔ ہیروئن کو بکریاں ہی چرانا چاہیئے۔ عشق بازی کے لئے میدان اچھا ملتا ہے۔ مرنے سے ادھر

بکریاں چر رہی ہیں۔ اِدھر عشق چل رہا ہے۔ اب ہیرو چاہے تو اس جنگلی دوشیزہ کی تصویریں اتارنا شروع کر دے یا اور کوئی اس قسم کا بہانہ تراش لے۔ پیاس لے سر میں پتھر دھڑ لگا لے یا اگر بہت زیادہ حقیقت پسند ہے تو دریا میں ڈوبتے ڈوبتے بچ جائے۔ بچنا اشد ضروری ہے ورنہ کہانی کی ابتدا المیہ ہو جائے گی ظاہر ہے کہ ہیروئن متوجہ ہوگی اور اس کا سر زانو پر رکھے گی۔ اس وقت وہ ہوش میں آکر اس پر فریفتہ ہو سکتا ہے۔ یا جب وہ اپنے دوپٹے کو پھاڑ کر زخم پر پٹی باندھے تو دوپٹے کی غلاظت سے سپٹک ہونے کے خوف کو دبا کر اس کا ہاتھ واتھ پکڑ لے اور پھر یقیناً اسے چرواہی کے سفید کبوتریوں کے سے پیر مومی انگلیاں اور گھنی پلکوں کے دراز سایے، بازوں کی گولائی پر غور و خوض کرنے کا موقع مل جائے گا۔

اتنا واضح رہے کہ بھولی بھالی گاؤں کی دوشیزہ تو آپ کو ہندستان میں بھیڑ بکریوں کی طرح مل جائے گی۔ مگر بھول کر بھی بنگال کی طرف رُخ نہ کیجئے گا وہاں کی دوشیزہ تو کال کی جھنجوڑی چچوڑی ہڈی رہ گئی ہے۔ دکھن کی طرف بھی نہ جائیے گا کیونکہ اناج کی مہنگائی نے وہاں کی دوشیزہ کو بھی چوس ڈالا ہے گجرات مہاراشٹر کی مچھیرن کے پاس بھی اس وقت عشق بازی کے لئے وقت نہیں ہے کیونکہ وہاں بھی غلّے کی کمی نے اُسے مکا کی روکھی روٹی کھانے پر مجبور کر دیا ہے۔ تیل کی مہنگائی کی وجہ سے اس کے بال اب ناگوں کی طرح پھنکاریں نہیں مارتے۔ اس کی پھٹی چولی کے سوراخ میں سے مکھن میں گندھی ہوئی لوئی کے عوض خارش زدہ ٹھٹھرے ہوئے لتھڑے نظر آتے ہیں۔ پنجاب سے بھی

آپ کو کچھ نہیں ملے گا۔ جو کچھ تھا وہ گلیوں سڑکوں پر چیل کوّے اور گدھ کھا گئے۔ کشمیر، جہاں زعفران کے ہر ریشے کے ساتھ دوشیزائیں ... چلی آتی ہیں، آپ انھیں چشموں کے کنارے حسن و عشق کی آنکھ مچولیاں کھیلنے کی فرصت نہیں، وہ تو عشق سے کہیں اونچی کہیں زیادہ دلچسپ اور رنگین مقصد کے پیچھے دوڑ رہی ہیں اب انھیں آلوچے کے جھنڈ میں آنکھیں مارنے کی فرصت نہیں، کیونکہ نظروں کے تیرِ نیم کش کے عوض ہاتھوں میں رائفل اور لاٹھیاں ہیں ہیرو سے کہہ دیجیے۔ ذرا سنبھل کے، یہ میدانِ عشق نہیں میدانِ جنگ ہے۔

زندگی ہے کہ طوفان بے تمیزی۔ کوئی کیا کہانی لکھے؟ ہیرو منھ پھلائے بیٹھا ہے۔ آہیں بھر بھر کے اس کا سینہ دھونکنی کی طرح پھول گیا ہے کیونکہ پیٹ کا تنور ٹھنڈا پڑا ہے۔ عشق تو دُم دبا کر بھاگ چکا ہے اور زندگی نیم بسمل کبوتر کی طرح پھڑپھڑا رہی ہے۔ کہتے ہیں ایک دفعہ دمشق میں بھی ایسا کال پڑا تھا کہ عاشق و معشوق چوکڑی بھول گئے تھے۔ تو کیا ہندستان کا جذبۂ عشق اس خون کی برسات سے دھندلا بھی نہیں پڑا ہوگا۔ ضرور پڑی ہوگی اوس۔ جبھی تو ہیرو ایسا سنگدل ہوگیا ہے کہ لاٹھی چارج اور تنگی نے تیرِ نظر سے گھائل ہونے کی سکت ہی نہیں چھوڑی ہے، وہ اکتایا ہوا کہہ رہا ہے۔ اے دوشیزہ تمھارے ڈھلکتے آنچل میری زندگی کو روندتی ہوئی چیونٹیوں سے نہیں ہٹا سکتے مجھے شراب الفت پلانے کی بجائے اصلی دودھ کی دو گرم گرم چائے کی پیالیاں پلا دو تو بڑا کرم ہو۔ تمھارے الجھے ہوئے خشک بال سن کی رسیوں کی طرح میرے ننگے جسم میں چبھ رہے ہیں۔ انھیں سمیٹ لو۔ اس وقت

تک انھیں پریشان نہ کرنا۔ جب تک کہ یہ تیل پھلیل سے تھک نہ اٹھیں۔ ناز نخرے کم کرو۔ ہاتھوں کی مہندی چھٹا کر ذرا اس لڑھکتی ہوئی چٹان کو سہارا دو۔

ہیروئن الگ بال بکھرائے ٹسوے بہا رہی ہے۔ بہت دن تک تم میرے حسن کے جھوٹے گیتوں سے اپنے ہونٹوں کو آلودہ کرتے رہے اب میرے کان پک گئے سنتے سنتے تمھاری بکواس۔ تم جھوٹے ہو۔ تمھارا فلسفہ جھوٹا۔ میرے ہونٹ جنھیں تم گل برگ تر کہتے ہو۔ کانٹوں سے بھی زیادہ خشک ہیں۔ میں نے آج تک کسی پر نین بان نہیں چلائے۔ کیونکہ میری آنکھیں تو بچپن ہی میں دکھ دکھ کر چندھیا چکی ہیں اور پلکیں پڑبال سے جھڑ چکی ہیں۔ میری پھٹی چولی میں سے جھلکتے ہوئے نیم مردہ گوشت کو دیکھ کر ذہنی چٹخارے نہ لو۔ اس میں کھجلی اور جوؤں نے گھاؤ ڈال دیے ہیں کہاں ہیں گدرائے انار اور پکے امرود۔ تین دن سے ننھا بھوک سے بلبلا رہا ہے۔ نہ گاؤ میری عصمت اور تقدس کے نغمے کہ میں سڑک کے بیچوں بیچ دلھن بن چکی ہوں مجھے عشق و محبّت کی گھات میں جھروکوں میں نہ بٹھاؤ میرے ہاتھ میں بیلچہ دے دو۔ ایک ہاتھ سے میں ننھے کا پنگوڑا جھلاؤں گی اور دوسرے سے دھان کوٹوں گی۔ پھر بھی میرے لب تمھارے بوسوں کے لیے خالی رہیں گے۔ اس فکر میں کیوں گھلے جاتے ہو۔ ذرا ایک بار حسن وعشق کے بوسیدہ بستر سے اٹھا کر مجھے اپنے پاس کھڑا تو کر لو، پھر دیکھنا۔ پھر بھی اگر آپ کو میرا یقین نہیں آتا تو کرشن سے پوچھیے کہ کیوں اس کی چھپا کلی سے

زیادہ نازک اور مہکتی دوشیزہ "پشاور میل" بن کر دندنانے لگی۔ اور کیوں اس کا مرگلا، روتا بسورتا مجنوں" تین غنڈے" بن بیٹھا"۔ اور کیوں اس کے "نظارے" پکار پکار کر کہتے ہیں کہ "ہم وحشی ہیں" عباس سے پوچھیے وہ بتا دے گا کہ کیوں اس کی ایک لڑکی" کی رعنائیاں "اجنتا" کی بے جان چٹانوں میں منجمد ہو کر رہ گئیں، سردار جعفری سے پوچھیے کہ کیوں اس کا سر نئی دنیا کے سلام کو بے ساختہ جھک گیا۔

اور کیوں ہر قلم خون کے آنسو رو رہا ہے۔ کیوں کاغذ کا پرزہ پرزہ فرطِ الم سے لرزاں ہے۔ ہر اخبار اور رسالے کے سینے میں شعلے کیوں لپک رہے ہیں اور کیوں ہر کتاب کے صفحوں میں چنگاریاں دبی دبی سلگ رہی ہیں۔

انسانیت شیطانیت سے پٹ کر رو رہی ہے۔ حسن و عشق ایک دوسرے کی موت پر گلے مل مل کر ماتم کر رہے ہیں۔

تو میں کیسے کہانی لکھوں؟ کہانی کے لئے مسالہ کہاں؟

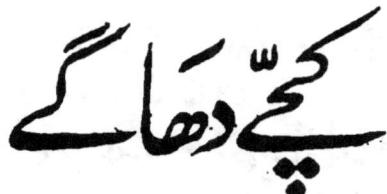

# کچّے دھاگے

آج گاندھی جینتی ہے۔ شہر میں کتنی چہل پہل ہے۔ پھولوں اور ترنگے جھنڈوں سے آراستہ پیراستہ موٹریں اپنی آغوش میں توندو لیتے، سیٹھوں کو دیلائے فرّاٹے بھر رہی ہیں برف جیسی سفید کھدّر میں یہ آبنوس پتلے کالے سفید کا جیکبرا ملاپ آنکھوں پر کیسی تکلیف دہ چوٹ کرتا ہے۔ اور ان کے پہلو میں بیٹھی ہوئی بدذوق سیٹھانیاں اور غل مچاتے ہوئے بچے "سونے پر سہاگہ" کا کام کر رہے ہیں۔ دولت بنا کسے سُنے ان پر لوٹ پڑی ہے۔ معلوم ہوتا ہے کپڑے پہنے ہوئے نہیں ہیں بلکہ بہت سے بے ہنگم تھان کسی نے اٹھا کر موٹروں میں ٹھونس دیے ہیں۔ سامان آرائش، رنگ و پوڈر، الماریوں سے کود کر ان پر آن پڑا ہے۔ ناک بہتے تیل میں چپچپاتے بچے وائٹ اوے کی الٹرا موڈرن فراکوں کے ساتھ جب جاگھن کر فٹے پہنے.... آنکھوں میں منوں کاجل اُنڈیلے۔ عجیب مضحکہ خیز ہیولی بنے ہوئے ہیں۔ ہاتھوں میں ترنگے جھنڈے ہیں اور امریکن کھلونے۔ ایسا معلوم ہوتا ہے کسی سستے سرکس

کا اشتہار چلا جا رہا ہے۔

آج باپو کا جنم دن ہے نا۔ آج بھارت کے سپوت نے بھارت نواسیوں کو غلامی سے آزاد کرانے کے لئے دھرتی پر پہلا سانس لیا تھا۔ مگر برلی اور لال باغ کی چالوں میں یہ کیسی مردنی چھائی ہوئی ہے جیسے آج ان کا کوئی نہ پیدا ہوا ہو، بلکہ ہزاروں موتیں ہو گئی ہوں۔ لاکھوں امیدیں دھواں بن گئی ہوں۔ ان کے چہروں کی رونق کہاں غائب ہو گئی ہے کیا یہ کبھی واپس نہ آئے گی؟ ان کے کپڑوں میں رنگ کیوں نہیں ظلمے کی چمک کیوں نہیں ان کے ہاتھوں میں ترنگے غبارے کیوں نہیں؟

باپو تو جنتا کے تھے۔ پھر یہ چور بازاریوں ہی کے متھے کیوں چڑھ گئے۔ جیسے پرانے زمانے کے دیوتاؤں کو چھین لیا تھا، ایسے ہی انھیں بھی لوگ اڑا لے گئے اور شوکیس میں سجا دیا۔ تجوریوں پر منڈھ دیا...... لین دین کی ترازو کے پلڑے میں بگھری بنا کر ڈال دیا ہے۔ انھیں مٹھائی اور بسکٹ کے ڈبوں پر چپکا دیا ہے۔ جوتوں کے اشتہار پر ٹانگ دیا ہے۔ ان کا نام لے کر چندے جمع کرتے ہیں۔ ان کا نام لے کر ہڑتالیں توڑتے ہیں، انھیں کا بہانہ کر کے کنٹرول ہٹاتے ہیں اور کالے بازار کو سینچتے ہیں۔ ان کے بنا کوئی دھندہ نہیں چلتا۔ جانو ترپ کا اکا ہاتھ آگیا ہے، ہر داؤ پر وہی لگا دیتے ہیں۔ اب شاید انھیں کے نام پر اہنسا کے پھولوں پر تیسری جنگ کا خون چھڑکا جائے گا۔

آج اہنسا وادی ان کی یاد میں آتما کو شدھ کرنے کے لئے سوت کات رہے ہیں۔ بڑے بڑے منسٹر چوٹی کے افسر، ملوں کے مالک سیٹھ اور چور بازاروں کے بیوپاری، ایک محاذ پر اکٹھے ہو کر آتما کو شدھ کر رہے ہیں۔ دو سال کے عرصے

میں کتنی بہت سی آتمائیں ناپاک ہو چکی ہیں، ان کے لئے اس سوت کے تانے بانے سے ایک سائبان بُنا جائے گا جس کی چھاؤں میں یہ پنجنت بیٹھ کر پھلتے پھولتے رہیں گے۔

میرے ماموں جان بھی اپنے ڈرائنگ روم میں صوفہ پر نیم دراز صبح سے تکلی نچا رہے ہیں۔ ان کے چہرے پر کیا مقدس عزم چھایا ہوا ہے، جانو پل صراط بن رہے ہیں جس پر چل کر انھیں سورگ میں جانا ہے۔ نہ جانے وہ اس کچے سوت کے پھندے سے کیا کچھ پھانس لینے کی تگ و دو میں لگا رہے ہیں۔

کبھی وہ برٹش سرکار کے فرزند دلبند رہ چکے تھے لیکن چیونٹی کی طرح طوفان کی خبر پاکر جلدی سے کھاٹ کی ستیہ گرہ میں کود پڑے اور کھاٹ بنانے لگے۔ جب وہ یوں گمراہ ہوئے تو ان کے والد صاحب نے انھیں عاق نہیں کیا بلکہ بیٹے کی دانشوری کی داد دی۔ وہ خود سرکار سے وابستہ رہے مگر ان کا بیٹا باغی ہو گیا۔ جبھی تو آج وہ دیسی سرکار کی ناک کا بال بنے ہوئے ہیں۔ بیس سال محکمۂ تعلیم کی اصلاح کرنے کے بعد وہ اب کمیونسٹوں کو مارو والی اسکیم میں بڑی شدومد سے حصہ لینے کے قابل ہو گئے ہیں۔

تکلی نچاتے جاتے ہیں اور سوچ رہے ہیں۔ بھنگیوں کی ہڑتال طالبعلموں کی مدد سے نہ ٹوٹ سکی۔ یہ وار خالی گیا۔ اب طالبعلموں کی ہڑتالیں کس کی مدد سے تڑوائی جائیں۔ تالی بجنے کے لئے دو ہاتھوں کا ہونا ضروری ہے۔ سر لڑانے کے لئے دوسروں کا ہونا ضروری ہے۔ کیا طالب علموں کے دو ٹکڑے نہیں کئے جاسکتے؟ ماموں جان زہر کا توڑ زہر ہی سے کرتے ہیں اس لئے طالب علموں کی ایک

صحیح نمائندہ جماعت کی پیداوار میں منہمک ہیں جو جی توڑ کر قومی گیت گانے فیس بڑھانے پر سرکار کی بے پناہ مہربانی کا شکریہ ادا کرے اور کمیونسٹوں کے بہکاوے میں آکر ملک کا تختہ نہ الٹے بس پھر ہڑتالیں بند ہو جائیں گی۔ ادھر تکلی ناچ رہی ہے، ادھر وزیراعظم پردیسیوں سے ناطہ جوڑ آتے ہیں، وہاں سے تحفہ لائیں گے جس کی مدد سے بھوک کے ساتھ ساتھ بھوکوں کا بھی صفایا ہو جائے گا۔

ادھر میرے نانا جان انھیں رشک آمیز نظروں سے تک رہے ہیں۔ وہ صبح سے بیٹھے جوجھ رہے ہیں پر تکلی ان کے تخلے سے بل نکالے دے رہی ہے۔ روئی کا ٹکڑا پسینہ میں ڈوب کر چوہے کی شکل کا ہو گیا ہے۔ تین تکلیاں بدل چکے ہیں پر ہر نئی تکلی انھیں نیا ناچ نچا رہی ہے۔ وہ اکڑوں بھی بیٹھے پالتی بھی ماری دو زانوں ہوئے پھر ماموں جان کی طرح نیم دراز بھی ہو گئے مگر ان کی طرح نرت بھاؤ نہ جما سکے۔ کوئی تکلی بھی ماموں جان کی تکلی والا بھراٹا نہیں بھرتی۔

وہ جھنجلاتے ہیں تب ماموں جان مسکراتے ہیں۔ جیسے آنکھوں ہی آنکھوں میں کہہ رہے ہوں "قبلہ ریاض کی ضرورت ہے ریاض کی۔ یہ مرتبہ یوں بلا تپسیا کیے ہاتھ نہیں لگ جایا کرتا۔ جہاد کے لئے تلوار پکڑنے کی آرزومند انگلیاں بھلا تکلی کو پکڑنا کیا جانیں۔ آپ توپ تفنگ کے عادی ٹھہرے، یہ روحانی تلوار یعنی تکلی گھمانا کیا جانیں۔

میرے نانا جان ان کی آنکھوں کی بات چیت سمجھنے کے ایسے عادی ہو چکے ہیں کہ فوراً ان کے گھٹنے لرزنے لگتے ہیں، ویسے ہی ان کی گھبراہٹیں مالیخولیا کی حدوں کو چھو رہی ہیں، جب سے سنا ہے کہ ہندستان اور پاکستان دونوں

جگہ ان کی تجارت کھنڈت میں پڑنے والی ہے بالکل ہی حواس باختہ ہو کر رہ گئے ہیں۔ ان کا ایک پیر ہندستان میں ہے تو دوسرا پاکستان میں۔ یہاں اقلیتوں کے حقوق کی حفاظت کا واسطہ دیتے ہیں تو وہاں اسلام کی دہائی۔ پر ایسا معلوم ہوتا ہے۔ نانا جان کی چیخ و پکار میں کوئی دم نہیں رہا دونوں ملک ایک دوسرے سے دور کھسکتے جا رہے ہیں اور ان کے ساتھ میرے نانا جان کے دونوں پیروں کے درمیان کا فاصلہ خطرناک حد تک دور ہوتا جا رہا ہے بیچ میں سے چر جانے کا کرب ان کی رگ رگ میں رچ گیا ہے۔ دکھ اور خوف سے پتھرائی ہوئی آنکھیں وہ گاندھی جی کے اس مجسمے کی طرف پھیر دیتے ہیں جو بنگلہ کے بیچوں بیچ نصب ہے۔ اور ہر آنے جانے والے کو جتا کر نانا جان وہاں روز پھول چڑھا کر ڈنڈوت کرتے ہیں۔

ماموں جان پر انھیں رشک نہیں آتا۔ اب تو جادوگری کا بھی شبہہ ہونے لگا ہے۔ وہ کیسی دلیری سے بیٹھ کر افسروں کے بیچ میں وزیر اعظم پر چھینٹے بازی شروع کر دیتے ہیں۔ ان کے بوکھلانے اور ایک دم بپھرنے کے قصے سنا سنا کر کیا مزے سے قہقہے لگاتے ہیں اور لگواتے ہیں۔ کانگریس مہا دیویوں کا تو بالکل گھر کی بڑی بوڑھیوں کی طرح ذکر کرتے ہیں۔

تو بالکل گدھا ہے، ایک مہا دیوی نے ایک بار میرے ماموں جان سے کہا تھا اور اس وقت انھیں اپنی خوش نصیبی پر فخر ہوا تھا اور آنکھوں میں مارے عقیدت کے آنسو اُبل آئے تھے۔ اب بھی بعض موقعوں پر جب وہ قصہ سناتے ہیں تو انکی آنکھوں میں آنسو اُبل آتے ہیں۔ نانا جان اس روحانی رشتے کی متبرک

لطافت پر جھوم جھوم اٹھتے ہیں، پر دُکھ سے تلملا جاتے ہیں۔ کاش انہیں بھی کسی نے پیار میں گدھا یا کتا کہا ہوتا تو وہ آج کتنی بہت سی زحمتوں سے بچ گئے ہوتے۔ مگر ایک بار قائداعظم کے جلوس کا اونٹ بننے کے بعد کسی اور اصطبل میں تو ان کے لئے جگہ ہی نہیں اور آج باپو کی جینتی کے موقع پر تکلی کے نخرے بڑے کھل رہے ہیں۔

وہ سوت کاتتے جارہے ہیں اور اس میں موٹی موٹی گالیاں پروتے جا رہے ہیں، اگر وہ جانتے ہیں یہ اڑیل سوت ان سے شرط باندھ کر مقابلہ کر رہا ہے مروڑیاں دیتے دیتے ان کی جنگلیاں تھک چکی ہیں۔ پورے سہلا رہے ہیں۔ پر سوت مجال ہے جو کمبخت دو انچ سے آگے کھسک جائے جبھی تو وہ اس میں مغلظات کی گرہیں جڑتے جاتے ہیں۔ یہ سوت وہ عیدالضحیٰ کے موقع پر وزیراعظم کی گردن میں مالا بنا کر حمائل کرنا چاہتے ہیں۔ بڑی کاوشوں سے انھوں نے مسلمان محلوں میں لوگوں کو اونچ نیچ دکھا کر وزیر صاحب کو مدعو کرنے کا انتظام کیا ہے۔

جب کبھی تار ٹوٹتا ہے تو ان کا جی چاہتا ہے کہ ایک دم حج کو چلے جائیں اور وہاں درِحضور پر بیٹھ کر آنکھیں بند کر کے ایک مستقل مراقبہ میں چلے جائیں۔ مگر ایک دم انھیں ہندستان اور پاکستان میں پھیلے ہوئے کاروبار کا خیال اس مراقبہ سے چونکا دیتا ہے۔ اور وہ سہم کر چاروں طرف دیکھنے لگتے ہیں کہ کہیں ماموں جان کا کوئی چھٹا سا تو اں احساس ان کے دل کا چور نہ پکڑ لے۔ نہیں تو سارے کئے دھرے پر پانی پھر جائے گا۔

اپنے برامدے میں بیٹھے ہوئے رودری لال جی کی تکلی بھی کچھ تال سُر سے

نہیں ناچ رہی ہے۔ چکریاں لیتے لیتے ایک دم سے توڑے لینے لگتی ہے اور پھر تیو۔ اکہ تار بھی توڑ دیتی ہے مگر روڑی مل جی ہمت نہیں ہارتے۔ ملک میں بڑی افراتفری پڑی ہے۔ جدھر دیکھو بے ایمانی، دھوکہ بازی۔ باپو کی تعلیم کو بھول کر سب لوٹ کھسوٹ پر تلے ہوئے ہیں۔ ایسے میں کوئی ایمانداری کا بیوپار کرے تو کیسے کرے۔ ایمانداری چلے گی کتنے دن کھلے بازار میں دھرا ہی کیا ہے؟ مال کو بازار نہیں ملتا، بازار کو گاہک نہیں ملتے۔ جب مال کوٹھوں میں پڑا سڑ رہا ہے تو مزدور کو کوئی مزدوری کہاں سے دے۔ نیتا کہتے ہیں مال کی پیداوار بڑھاؤ، سو بڑھ گئی۔ اب نیتا یہ نہیں بتاتے کہ گاہکوں کی پیداوار کیسے بڑھائیں؟ کاش "خوراک اگاؤ" کا نعرہ مارنے کے بجائے "خریدار اگاؤ" کی اسکیم چلا سکتے۔ مگر خریدار کا بیج سوائے امریکہ کے کہیں نہیں پیدا ہوتا۔ امریکہ نے تو کیا مزے سے سارے ملکوں میں ڈالر بو کر خریداروں کے کھلیان قائم کر دیے ہیں۔

پر ان سب باتوں کی ذمہ دار آتما کی گندگی ہی تو ہے۔ چرخہ ہی تو بھارت کا ایٹم بم ہے۔ سوت کات کات کر انگریزوں کا اُلّو کر دیا تو ان چھوٹی چھوٹی باتوں کی کیا حقیقت ہے۔ جب آتما شدھ ہو جائے گی پھر یہی سوت کا جال سمندر سے مچھلیوں کی طرح ان گنت گاہک پکڑ لائے گا۔ یہی کچے دھاگے اس دیو کا بھی بند بند جکڑ ڈالیں گے جو کر دوٹ لے کر چنگھاڑ رہا ہے۔ سب دکھ دور ہو جائیں گے۔

زنان خانہ میں ماتا جی بھی بیٹھی تکلی کو مٹھ کر اپنے جیون کا امرت بچوڑنے پر جٹی ہوئی ہیں۔ باوجود کوششوں کے وہ کھدر نہ پہن سکیں۔ ان کا اطلس اور کمخواب

کی آغوش میں پلنے والا جسم کھدر کے گھسے نہ سہار سکا اور ہمیشہ پھپند اُٹھتا۔ گرمی دانے پُھنسیاں اور پھر پھوڑے بن جاتے۔ یہ رائی کے پہاڑ دلیش سیوکا کو مرہم کا چپچپاتا ہوا پھایا بنا دیتے۔ کچھ دن تک تو ماموں جان نے ان کے جسم کے زمینداری ٹھسوں کو نہ گردانا، مگر جب ڈاکٹروں نے مریضہ کو سوائے باریک ململ کے دوا میں ڈوبے ہوئے پھایوں کے جملہ ستر پوشی ہی سے منع کر دیا تو وہ مجبوراً اس شدھی سے باز آگئے۔ ویسے بھی لنکچر اور گانڈو فارم کے حملے جھیلنے کی ہمت نہیں رہی تھی۔ اس کے بعد وہ انہیں تیسرے درجے کا نیشناسٹ سمجھتے ہیں اور ایسے حقارت سے دیکھتے تھے جیسے ایک پہنچا ہوا پیر مرشد کسی مبتدی کو دیکھتا ہے۔

ممانی بھی تکلی گھما رہی ہیں مگر ان کی انگلیاں لرز رہی ہیں۔ ان نازک تاروں میں ان کے جذبات کی اُتھل پتھل کو سہارنے کی سکت نہیں۔ کیونکہ مس راج کی انگلیاں بھی تو قابو میں نہیں۔ ماموں جان کے گھر کے سارے ساز و سامان کی طرح آج ان کی پرائیوٹ سکریٹری بھی شدھ ہونے کا پختہ ارادہ کر کے ماموں جان سے تکلی چلانا سیکھ رہی ہے۔

مس راج کی عمر کا ابتدائی حصہ یتیم خانہ میں گزرا جہاں وہ یسوع مسیح کے مجسّے کے سامنے خدا کی برکات کی حمد گاتی رہی۔ کھردرے، بدرنگ کپڑے پہنکر اور ناقص کھانے کھا کر اس نے خدا کی عنایات کی داد دی۔ یتیم خانے سے نکل کر وہ سیدھی فوج کے دفتر پہونچ گئی۔ جنگ کے یہ چند پُر بہار سال اس کی زندگی میں روشن ستاروں کی طرح ہمیشہ درخشاں رہیں گے۔ وہ سیر سپاٹے، وہ رقص و سرور کے جگمگاتے سفید جھنڈی والے عاشقوں کے نرغے۔ جوان لڑکیوں کی کمی جس نے

کواریوں کو بھی پاپڑ بنا دیا تھا۔ اور وہ ایک خستہ پاپڑ کی طرح ایک جبڑے سے دوسرے جبڑے میں منتقل ہوتی گئی۔ انگریز سارجنٹ کے ہاتھ سے جب زیادہ الاؤنس پانے والے امریکن سارجنٹ نے اسے جیت لیا تو وہ گھنٹوں آئینے میں اپنی چوڑی ناک میں حسن تلاش کرنے کی کوشش کرتی رہی۔

پھر ایک دم جیسے اُسے کسی نے جھنجوڑ کر جگا دیا۔ جنگ ختم ہوگئی۔ گورے سولجر ایک ایک کر کے رخصت ہونے لگے اور وہ ایک لٹو کی طرح ان کے گروہ میں بھنا کے ایک سے دوسری ہاتھ میں منتقل ہوتی گئی یہاں تک کہ اس کے ہاتھ خالی فضا میں پھڑپھڑاتے رہ گئے۔ اس کے ساتھ والیوں نے جنگ کے زمانہ میں کتنا کچھ جمع کر لیا۔ یہ سفید سپاہی بڑے دل پھینک اور ساتھ ساتھ دولت پھینک بھی ہوتے ہیں۔ جاتے وقت وہ اپنی محبوباؤں کو کیا کچھ نہ دے گئے جس میں سے کچھ کیا رتھا نوں کی نظر ہوا کچھ ہسپتالوں اور یتیم خانوں میں پہونچ گیا۔ جنگ ختم ہوئی تو مس راج اور اس کے گروپ والی لڑکیوں کی جنگ شروع ہوئی اور انھیں بہت جلد معلوم ہوگیا کہ وہ کتنی بدصورت اور بے مصرف ہیں۔ دورانِ جنگ میں انھوں نے جو کچھ "ہنر" سیکھے وہ امن کے زمانے میں کام نہیں دے سکتے۔

زندگی کے اس اُدھاڑ عنڈ جکڑ نے آج اسے تکلی بکڑا دی ہے ماموں جان ایک عماید، ماہر نفسیات ہیں پھر بھی کئی بار جھنجلا کر مس راج کی تحلیل نفسی کر چکے ہیں۔ وہ مختلف مغربی ماہرینِ نفسیات کے اقوال زریں کے ذریعے یہ ثابت کر چکے ہیں کہ مس راج کے تحت الشعور میں کوئی چبھن ہے جو تار کو بار بار گتھنگی لگا دیتی ہے۔

ممانی بھی خوب جانتی ہیں کہ یہ تحت الشعور کی چھپن کیا بلا ہے۔ مگر ان کی تحلیل نفسی نہایت بھوڑےپنے کی بدظنی ہے۔ جس کا اظہار کرنے کی طاقت وہ عرصہ ہوا کھو چکی ہیں۔ اگلے وقتوں کے لوگ کھلے بندوں زندگی کے کوٹھے پر چڑھتے تھے، آج ان کے سپوت شعور اور لاشعور کی چلمن ڈال کر وہی کچھ کر لیتے ہیں۔ مگر وہ اتنا جانتی ہیں کہ مس راج بھی ان سے کم مجبور نہیں۔ جینے کا خیال چھوڑ کر ساری عمر مس راج اسی طرح ادھیڑ عمر کے ماہرین نفسیات کی ذہنی ٹھوکروں میں رلتی رہے گی۔ ان کے لاشعور ہاتھوں کا کھلونا بنی رہے گی۔ ہر قہقہے پر تار ٹوٹتا ہے تو جھلا کر چونک پڑتی ہیں۔ ان کا افغانی نسل خون کھول اٹھتا ہے۔ دونوں ہاتھوں سے تکلی بھینچنے لگتی ہیں۔ جیسے کسی کا گلا گھونٹ رہی ہیں، مگر دوسرے لمحے اہنسا کے سایے میں پلی ہوئی شیرنی دبک کر سوت جوڑ لیتی ہے اور ایک موہوم سہارے پر آگے چل پڑتی ہے۔ وہ اپنی ساری بدنصیبی کو اولاد نہ ہونے پر محمول کرتی ہیں۔ اگر آج ان کی گود میں ان چند لڑکیوں کے بجائے ایک گھی کا لڈو ہمکتا ہوتا تو میاں کی مجال نہ تھی کہ ان کے سینے پر یوں دائمی سوتیں چڑھالاتے۔ مگر لڑکے کا بیج سدا بیکار گیا۔ خواہ ایک ماہ کا بھی ہوتا وہ اسے بیٹیوں ہی کی صف میں کھڑا کر کے ماتم کرتیں۔ وہ ایک مرد کے ہاتھ کے میل پر پلی تھیں۔ اب بھی ایک شریعت مرد ہی ان کا کفیل ہے۔ پھر جب یہ مرد دھوکا دے دیتا ہے تو انھیں چاروں طرف اندھیرا ہی اندھیرا نظر آتا ہے اگر وہ خود ایک سہارا بن سکتیں تو بیڑا پار ہو جاتا۔ مگر ماموں جان کہتے ہیں یہ بھی ان کا خاندانی قصور ہے۔ عموماً نوابوں، جاگیرداروں کے یہاں

اولادِ نرینہ ناپید ہوتی ہے اور اس کا بھگتان وہ بھی بھگت رہے ہیں، ورنہ خود ان کے جسم میں تو نر بنانے کا کافی مادہ ہے۔

کون جانے جس تکلی نے سوراج دیا کیا وہ انھیں ایک بیٹا نہیں دے سکتی۔ ایک دم ان کے چہرے کے کھنڈر جاگ اٹھتے ہیں۔ ڈراؤنی مسکراہٹ ایک نئی کروٹ بدل کر انگڑائی لیتی ہے۔ تکلی ناچ رہی ہے اور وہ مسکرا رہی ہیں اس کچے دھاگے کو وہ اکلوتے بیٹے کی طرح پروان چڑھتے دیکھ رہی ہیں.....

ایک سوت ...... پھر دوسرا ...... تیسرا اور چوتھا۔ سارے مل کر ایک مضبوط رسی بن جائے گی۔ بس راج کے گلے کو گھونٹتی چلی جائے گی۔ جس نے ان کا جیون امرت چرا لیا ہے۔

یوں آج باپو کی جینتی کے روز آشرمیں شدھ ہو رہی ہیں۔ گندی اور گھناؤنی آشرمیں۔

مگر لال باغ اور پریل کے علاقوں میں ایک بھی تکلی ناچتی نظر نہیں آتی۔ کسی کو آشرم کو پاک کرنے کی فکر نہیں۔ اس چھین جھپٹ اس منافع خوری اور اشتہار بازی کے چوراہے پر دور کامگار میدان میں بمبئی کے محنت کش امن کانفرنس کے پہلے اجلاس کے موقع پر زندگی کے نئے پروگرام بنا رہے ہیں۔ یہاں باشعور محنت کش طبقہ کی رہنمائی میں چھٹنی کی دھار سے زخمی مزدور، فیسوں کے بارے کچلے ہوئے طالب علم اور کم تنخواہ اور مہنگائی کے مارے کلرک اور معلم تیسری جنگ کے خلاف امن کا عزم لے کر جمع ہوئے ہیں۔ پچیس ہزار جانیں ایک

قالب ہو کر امید بھری نظروں سے آزاد ملکوں کے رہنماؤں کی تصویر دوں کو تاک رہی ہیں۔ اپنے دلوں کی آواز اپنے ساتھیوں کے منہ سے سن رہی ہیں۔

"تیسری جنگ نہ ہوگی ...... انسان انسان سے نہیں اس بار حیوان سے لڑے گا۔ ...... کالے بازار سے جنگ کرے گا۔ ڈالر کے غلاموں کا مقابلہ کرے گا۔"

کون کہتا ہے یہ نہتے ہیں۔ ان کے ہاتھوں میں بڑے خوفناک ہتھیار ہیں جن کے تخیل ہی سے سلطنتیں لرز رہی ہیں۔ ایٹم بم کانپ رہے ہیں اور ڈالر کے پل ٹوٹ رہے ہیں۔ یہ نظر نہ آنے والے پچیس ہزار فولادی تاروں کی ایسی رسی بٹ رہے ہیں جو ساری فاشسٹ قوتوں کا گلا گھونٹ ڈالے گی۔

جبھی تو کامگار میدان کے چاروں طرف پولیس کا مسلح پہرہ ہے۔ سی آئی۔ ڈی کا چکر ہے۔ رنگ برنگے جھنڈے منڈلا رہے ہیں۔ ......

ناجائز شراب پر پہرہ نہیں ...... کالے بازار پر پہرہ نہیں ......

چور اچکوں پر پہرہ نہیں ...... رشوت ستانی اور عصمت فروشی پر پہرہ نہیں ......

دنیا بھر کی غلاظتیں پھل پھول رہی ہیں ...... مگر امن چاہنے والوں پر پہرہ ہے ...... موت بے لگام طرارے بھر رہی ہے اور زندگی کے لبوں پر تالہ ہے۔ سڑتے ہوئے گناہ کے سر پر قانون کی چھاؤں ہے۔ شاداب انسانیت کے سر پر شیطانی آگ ......

آج میں اس مجمع کے درمیان میں کہاں کھوگئی ہوں۔ پچیس ہزار

دلوں کی دھڑکن میرے دل کی دھڑکن کچھ اس طرح ہم آہنگ ہو چکی ہے کہ ڈھونڈے سے نہیں ملتی۔ پچاس ہزار آنکھوں میں میری آنکھیں کون سی ہیں؟ میری انفرادیت کہاں ہے؟ میرا شعور لاشعور، میری جبلت، میری الجھنیں پریشانیاں اور میرے ذاتی دکھ درد کہاں ہیں؟

مگر اپنی وسعت پر خود حیران ہوں۔ ڈھونڈھنے کی کیا ضرورت ہے؟ میری انفرادیت کا مگار میدان میں کھچا کھچ بھری ہے۔ یہ پچیس ہزار دل اور پچاس ہزار آنکھیں میری ہی ہیں۔ ذرا اور اوپر آنکھ اٹھاؤں تو پچیس لاکھ، پچیس کروڑ...... نہیں مجھے گنتی معلوم کرنے کی ضرورت نہیں ...... اس طوفان میں میں بھی ایک قطرہ ہوں ...... اور ہر قطرہ طوفان ہے۔

# بہو بیٹیاں

یہ میری سب سے بڑی بھابی ہیں۔ میرے سب سے بڑے بھائی کی سب سے بڑی بیوی۔ اس سے میرا مطلب ہرگز یہ نہیں ہے کہ میرے بھائی کی خدا نہ کرے بہت سی بیویاں ہیں۔ ویسے اگر آپ اس طرح سے ابھر کر سوال کریں تو میرے بھائی کی کوئی بیوی نہیں، وہ اب تک کنوارا ہے۔ اس کی روح کنواری ہے ویسے دنیا کی نظروں میں وہ بڑی بھابی کا خدائے مجازی ہے اور پون درجن بچوں کا باپ ہے۔ اس کی شادی ہوئی۔ دولھا بنا، گھوڑے پر چڑھا، دلھن کو گھر لا کر پلنگ پر بٹھایا پھر پاس ہی خود بھی بیٹھ گیا، اور جب سے برابر بیٹھا رہا ہے۔ لیکن تصوف کی باتیں سمجھنے والوں ہی کو معلوم ہے کہ وہ کنوارا ہے اور صدا کنوارا رہے گا۔ اس کا دل نہ بیاہ سکا اور نہ کبھی بیاہ سکے گا، وہ نہ کبھی دولھا بنا نہ گھوڑے پر چڑھا نہ دلھن کو لایا نہ اس کے سنگ اٹھا بیٹھا۔ وہ تو اس کا باپ تھا جس نے اس کا بیاہ طے کیا۔ ایسے غیرے نتھو خیرے کی رائے سے۔ وہ بغاوت کے بخار میں جھلستا رہا مگر چوں نہ کر سکا۔ کیونکہ وہ جانتا تھا۔ اس کے باپ کے ہاتھ بڑے

ٹکڑے ہیں اور جوتے اس سے بھی ٹکڑے اس لئے اس نے بہتر سمجھا کہ وہ شہید تو ہو ہی رہا ہے جو تے سے شہید نہ ہو تب بھی کوئی فرق نہیں پڑتا۔لہٰذا وہ دولہا بنا اور سہرے کے پیچھے تاڑنے والوں نے تاڑ لیا کہ ایک اور سہرا بندھا ہے جو اس کے ارمانوں کے خون میں ڈوبے ہوئے آنسوؤں سے گوندھا گیا ہے جس میں اس کی نہ سنائی دینے والی سسکیاں پوری ہوئی ہیں۔ جس میں اس کے مسلے ہوئے جذبات اور کچلی ہوئی مسرتیں بندھی ہوئی ہیں وہ گھوڑے پر نہیں چڑھا۔اس کی میت ماں باپ کی ہٹ دھرمی کے گھوڑے پر لگا دی گئی۔ وہ اپنی دلھن نہیں لایا بلکہ وہ ماں باپ کی دلھن تھی۔ ان ہی کی بیاہتا تھی۔

مگر ایک مجبور بیٹے کی طرح بنا آہ وزاری کیئے وہ دلھن کے پاس بھی گیا۔اس کا گھونگھٹ بھی ہٹایا مگر وہ یہی ارادہ کر چکا تھا کہ وہ خود وہاں نہیں، یہ اس کا باپ ہے جو اس دلھن کا دولہا ہے۔ مگر چونکہ میری بھابی اس وقت بڑی نہ تھی۔میرا مطلب ہے جسمانی طور پر وہ دبلی پتلی اور نازک سی چھوکری تھی، اس لئے ایک لمحہ کو میرے بڑے بھائی کا جسم اس سے بیاہ گیا لیکن بہت جلد ہی وہ دبلی پتلی عورت بڑھنا شروع ہوئی اور چند سال ہی میں وہ پھول پھال کر بے تکے گوشت کا ڈھیر بن گئی۔ میرے بھائی نے اس کے اوپر چڑھتے ہوئے گوشت کو نہ روکا۔ اس کی جوتی روکتی۔ وہ اس کی تھی ہی کون۔

لیکن وہ بچے ........اس کے ماں باپ کے بچے جنہیں وہ کبھی بھولے سے بھی نہ چھوتا تعداد میں بڑھتے رہے۔ناکمیں سرسراتے، میلی ٹانگیں اچھالتے

واویلا مچاتے مگر میرے بھائی کے دل کے دروازے ویسے ہی بند رہے وہ ایسا ہی کنوارہ اور بانجھ رہا۔ میری بھابی کچھ ایسی ان مرحلوں میں پھنسی کہ اس نے پلٹ کر بھی بھیا کی طرف نہ دیکھا۔ جانے کہتی ہوں، میں تو پہلے ساس سسر کی بہو ہوں، نند کی بھوجائی ہوں، بچوں کی ماں ہوں نوکروں کی مالک ہوں، محلے ٹولے کی بہو بیٹی ہوں پھر اگر وقت ملا تو تمہاری بیوی بھی بن جاؤں گی۔

بھیا کو اس طرح کی ساجھے کی ہانڈی بڑی پھیکی سیٹھی اور بے مزہ لگی اور اس نے اپنا دل سنبھال کر اٹھایا۔ بکھرے ریزے سمیٹے اور تلاش میں نکل کھڑا ہوا۔ اس نے کتنے ہی آستانوں پر اس چکنا چور شیشے کے ٹکڑے کو جا کر رکھا، مگر کوئی مرہم کوئی دوا ایسی نہ ملی جو ان ریزوں کو جوڑ دیتی اس لئے وہ اب بھی اپنا کنوارا دل لئے پھر رہا ہے کسی دل والی کی تلاش میں۔

اس نے دل والیوں کو رنڈیوں کے کوٹھے پر ڈھونڈا۔ گندی گلیوں میں گھومنے والی کھیائیوں میں تلاش کیا۔ ریڈیو اسٹیشنوں پہ گلنے والی حسیناؤں اور آرٹسٹوں میں ٹٹولا۔ ہسپتالوں کی نرسوں میں بھی جستجو کی۔ فلمی پریوں کی گپھاؤں میں بھی بھٹکا اور ایکسٹرا لڑکیوں کے جھرمٹ میں بھی جھانکا۔ جاہل گاؤں کی گنواریوں، سڑک کی کوٹنے والیوں۔ مچھیرنوں اور بھٹیاریوں کے آگے بھی ہاتھ پھیلایا۔ ڈرائنگ روم میں اُگنے والی اور بال روم میں تھرکنے والی شریف زادیوں سے بھی بھیک مانگی مگر اسے دل والی کہیں نہ ملی لاکھوں ہی گھونگھٹ پلٹ ڈالے مگر وہی عورت وہی ساس سسر کی بہو وہی اُن کے ہی ٹال بچوں کی ماں دکھائی دی میری بھابی سب سے بڑی رہی، مگر زیادہ عقلمند ہرگز نہیں۔ اُس نے

میاں کو چھوٹے بہلاوے کبھی نہ دیئے۔ جیسے پہلے ہی رات کو وہ سمجھ گئی ہو کہ اپنی جان گھسانا حماقت ہے ان تلوں سے تیل نہ نکلے گا اور وہ دنیا سے جی کڑا کر کے کالے کلوٹے، ٹیڑھے بھینگے بچے تو خود بخود اس کے پیٹ میں تعمیر ہوتے رہے وہ تو ابکائیاں لینے اور بد وضع بننے کے سوا کچھ بھی نہ کرتی رہی اور یہ بچے میرے بھیا سے انتقام لینے کا مفید آلہ ثابت ہوئے۔ جب ناک چلتے۔ ننگ دھڑنگ بسورتے ہوئے کینچوے کسی محفل یا پارٹی میں میرے بھیا کو چھو دیتے ہیں تو وہ ایسے اچھل پڑتے ہیں جیسے بچھو نے جنک لیا ہو اور جب کبھی بھولے سے کوئی احمق مہمان گھر میں گھر جاتا تو یہی تہذیب اور نفاست کے قاتل ادب اور سلیقہ کے دشمن اس کی چھاتی پر کود دوں دل کر اس کو ڈوب مرنے کی ترغیبیں دیا کرتے ہیں۔

ان کے علاوہ گھر کے میلے کچیلے میلے فرش اور چیلا ندے برتن ایک نفیس دماغ، روح کو ابدی مرگھٹ میں سلگانے کے لئے کافی نہ پاکر میری بھابی نے جملہ ترکیبوں اور خوش گفتاریوں کے نئے نئے نسخے استعمال کر کے آنے جانے یا مستقل رہنے کے شوقین رشتہ داروں کا سلسلہ بھی منقطع کر دیا ہے۔

اسی لئے تو بیچارہ دل دالی کی تلاش میں زر زمین لٹاتا پھرتا ہے۔ کبھی کبھی اسے کوئی محبوبہ دلنواز موقع پا کر اس کا فرنیچر فروخت کر کے، مکان بگڑی پر اٹھا کر حتیٰ کہ اس کے کپڑے بھی اپنے نئے عاشق کے لئے لے کر بھاگ جاتی ہے اور وہ پھر ویسا ہی لنڈورا اور یتیم رہ جاتا ہے۔

ویسے بھی اسے عشق راس نہیں آتا جہاں کے لوگ آوارگی کرتے ہیں۔ یہ

گھنٹیاں کسی کے گلے میں نہیں لٹک جاتیں۔ وہ تو اگر بھولے سے کسی کی طرف مسکرا کر بھی دیکھ لیا تو وہ عورت فوراً حاملہ ہو جاتی ہے۔ اور اس کی جان پر ایک عدد تحفہ نازل کر دیتی ہے جسے وہ بلّی کے گو کی طرح چھپاتا پھرتا ہے۔ وہ اپنے جائز بچوں سے ذرا نہیں شرماتا مگر اس کی علتوں سے اس کی عزت پر حرف آنے کا خوف ہے، وہ بڑا باعزت ہے نا۔

وہ اپنی اس مصیبت کو دنیا کی سب سے بڑی آفت سمجھتا ہے۔ جب اس کے دل کی دنیا اجاڑ پڑی ہے تو لوگوں کو بھوک، مہنگائی اور بے کاری جیسی بے مصرف چیزوں کے بارے میں کچھ سوچنے کا کیا حق ہے۔ دل ہے تو سب کچھ ہے۔

آپ سمجھیں گے کہ وہ کوئی جنسی مریض ہے، عورت کا بھوکا ہے۔ جی نہیں اس ظالم عورت کی وجہ سے تو اسے بارہا شدید قسم کی بدہضمی بھی ہو چکی ہے تو بات دراصل یہ ہے کہ وہ ایسے ماحول کی پیدائش ہے۔ جہاں غم دنیا کو غم عشقی کی آڑ میں چھپانا سکھایا جاتا ہے۔ جہاں ہر جسمانی محرومی کا الزام نصیب کے سر اور روحانی تشنگی کا ٹھیکہ معشوق کے ذمے وہ قسمت کے پیچھے ڈنڈا لے کر پڑا ہوا ہے۔ ایک دن اسے نصیب کہیں دبکا ہوا مل جائے گا اور وہ اس کا سر پاش پاش کر دے گا پھر وہ ہو گا اور اس کی محبوبہ لیکن اسے اتنا بھی نہیں معلوم کہ اس کا نصیبا اس کی پیٹھ پر بیٹھا ہے اور اس کی چربی چڑھی آنکھوں کو کبھی نظر نہ آئے گا۔

اور ان کڑوے کسیلے ماں باپ اور فرسودہ نظام کے سلبے میں پون درجن بچے پروان چڑھ رہے ہیں۔ آنے والی پود اگ رہی ہے اور زندگیاں سانچوں میں ڈھل رہی ہیں۔ نامعلوم منزل تک گھسٹنے کے لئے دنیا میں تلخی اور افلاس کی پال پوس

کرنے کے لئے۔

یہ میری دوسری بھابی ہے۔ میرے بھائی کی اجول دلھن۔ اس کی قسمت کا چمکتا دمکتا سورج اس کی مشعلِ راہ۔ میرا بھائی بڑا ہی تقدیر والا ہے اس نے ایک غریب گھر میں جنم لیا۔ دیوں کی ادھ مری روشنی میں پڑھ پڑھ کر ایک دن جب روشن ستارے کی طرح جگمگایا تو ایک بڑی سی مچھلی آئی اور اسے ثابت نگل گئی۔

جوں ہی اس نے اول نمبروں سے بی اے۔ پاس کیا نواب گھمن کی نظرِ التفات اس پر پڑ گئی۔ نہ جانے کدھر کے رشتے ناطے جوڑ توڑ کر پروفیسروں کے ذریعے کانٹا مارا اور دیکھتے ہی ایک چھوڑ ہزار جان سے اس پر فریفتہ ہو گئے پھر اسے اپنی سب سے چہیتی باندی کی سب سے لاڈلی بیٹی کو بخش دیا۔ باوا بہتیرا بدکے مگر ایک طرف تو تھی نواب زادی اور انگلینڈ جانے کا خرچہ اور دوسری طرف کھوسٹ باپ اور اپاہج ماں اور بن بیاہی بہنوں کی پلٹن اور ادھ پڑھے بھائیوں کی فوج۔ ظاہر ہے کہ بازی بڑے حلق والی مچھلی کے ہاتھ رہی اور بقیہ جونکیں منہ دیکھتی رہ گئیں۔ جھٹ منگنی پٹ بیاہ۔ اماں کو سمدھن بننے کا شوق۔ بہنوں کو نیگ اینٹھنے کی تمنا دل کی دل ہی میں رہ گئی اور پوت پتنگا بن کر سات سمندر پار اڑ گیا۔

اماں نے جی پر پتھر رکھ لیا تھا کہ بلا سے ہنڈی بیچی ہے تو جہیز ہی سے آنسو پونچھ جائیں گے۔ ماشاء اللہ اتنے سامان سے پلٹن کے دو چار بیاہ تو لپس پُت جائیں گے۔ دولہا کی سلامی سے ہی دو تین بھائیوں کی ناؤ پار اتر جائے گی۔ مگر سارے ارمان سارے حوصلے پھر سے اڑ گئے جب نواب کی ایک کوٹھی دلہن کا مکھا اور دوسری سسرال بنی اور بہو ایک کوٹھی سے

دوسری کوٹھی کو بیاہ دی گئی۔

انگلینڈ سے لوٹ کر دولہا بیاہ کر سسرال چلا گیا اور اماں باوا نئے سرے سے دوسرا پودا سینچنے پر جٹ گئے۔ پھر کسی دن اس پودے کے چکنے چکنے پات کسی باغبان کو نظر آ گئے تو وہ اسے بھی اس گھورے سے سمیٹ کر اپنے "سراوس" میں لے جا کر رکھ دے گا اور اماں باوا ایڑیاں رگڑتے آخری منزل کو جا کر پکڑ لیں گے۔

اب یہ پہلا پودا اپنے سسر کی ریاست میں کسی مفت خوروں والے عہدے پر فائز ہے۔ علاوہ تنخواہ کے موٹر، گھوڑا گاڑی، کوٹھی، بنگلہ، نوکر چاکر اور ایک عدد نواب زادی اسے ملی ہوئی ہے صبح اٹھ کر دربار میں تین سلام جھاڑ چکنے کے بعد وہ دن بھر پڑا کوٹھی میں اینڈتا ہے۔ کبھی کبھی اسے ایسا معلوم ہوتا ہے جیسے اس کی حیثیت افزائش نسل کے لئے استعمال کئے جانے والے سانڈ سے زیادہ نہیں جو تھان پر بندھا اگلی ہوئی ستے کی جگالی کئے جا رہا ہے۔

اس کی بیوی یعنی نواب زادی کبھی اس کے غلیظ گھر نہ آتی مگر جب بوڑھے باپ نے دنیا کی جنگ سے عاجز آ کر ہتھیار ڈال دیئے تو وہ مع اپنے پورے نام جھام کے دو گھڑی کو آئی۔ اس وقت بیچارے نوابی داماد کی شرم کے مارے بری حالت ہو گئی جیسے گورنر وائسرائے کی سواری آ رہی ہو تو ایک صاف سی سڑک چن کر جھنڈیاں لگا دی جاتی ہیں تاکہ وائسرائے سمجھے کہ سارا ملک ایسا ہی صاف اور جھنڈیوں سے سجا ہوا ہے۔

اس طرح گھر کا سارا کوڑا کرکٹ نظروں سے اوجھل رکھ دیا گیا۔ میت اٹھنے سے پہلے ہی نواب زادی اٹھ کر چل دیں اور

ساتھ ساتھ وہ داماد بھی۔

مگر بڑے حساس دل کا مالک ہے وہ سب کچھ سمجھتا ہے اور اس کے دل پر برف کے گھونسے ہر دم لگا کرتے ہیں اس لئے وہ جلد از جلد اس ماحول میں سمونے کی کوشش کرتا رہتا ہے اور خود فراموشی کے لئے شراب پیتا ہے۔ تب وہ سب کچھ بھول جاتا ہے۔ یہ بھی بھول جاتا ہے کہ سہانے موسم آگئے ہیں اور آس پاس کی ریاستوں کے رنگین مزاج سیر وشکار کو آ جا رہے ہیں۔ اس کی بیوی دوسری نواب زادیوں کی طرح ہرنی بن کر چوکڑیاں بھر رہی ہے۔ وہ خود تین سلام پھاڑ رہا ہے۔ آرام دہ کمرے میں سرد پیڑ سے بے خبر پڑا ہے۔ اب تو اسے اپنی رفیق زندگی کی آنکھوں میں سے گذرتے ہوئے سوال بھی نہیں جگا سکتے۔ وہ یہی تو کہتی ہے کہ "تمھارا مصرف کیا ہے؟ میرے باپ کی جلد بازی نے تمھیں اس جنت ارضی میں لا ڈالا ہے اسے غنیمت جانو۔ جو یہ نہ ہوتا تو جوتیاں چٹخاتے پھرتے"۔ ایسے موقع پر اس کا جی چاہتا ہے کہ وہ دنیا کو دونوں ہاتھوں سے اٹھا کر دے پٹخے اور ..............

مگر وہ اس خیال کو اپنے دماغ میں جڑ پکڑنے سے پہلے اکھاڑ پھینکتا ہے۔ دنیا جانتی ہے کہ وہ انگلینڈ سے کوئی ڈگری یا ڈپلوما تو لا نہ سکا۔ اس کے جاتے ہی صاحبزادی صاحبہ کو دل کے دورے پڑنے لگے اور انھوں نے رو رو کر اسے واپس بلوا لیا اس لئے بیچارے کی حالت ایسی نیم پخت روٹی جیسی ہے جو قبل از وقت توے سے پھسل کر گھی میں آن گری ہو۔ اوپر سے کاہلی اور بےکاری کی پھپھوند نے اسے اور بھی بے مصرف بنا دیا۔ وہ ایر کنڈیشن کمروں میں سو سو کر

اپنی پرانی کچی کھپریل سے کانپنے لگا ہے۔ فلش کا عادی ہو کر اسے غلیظ کچے سنڈاس کے خیال سے بخار چڑھتا ہے۔ اس کی قسمت کا ستارہ بلندیوں پر ٹمٹماتا ہے۔ جسے پکڑنے کے لئے وہ آوارہ بگولے کی طرح سرگرداں ہے۔

اور جب وہ بہت تھک جاتا ہے تو غصے میں آکر وہسکی کی مقدار پیگ میں دوگنی کر کے پرسکون جمائیاں لینے لگتا ہے۔ یہی اس کی کش مکش ہے اور یہی زندگی کی جد و جہد۔ نمک کی کان میں جا کر وہ بھی تو نمک کا کھمبا بن چکا ہے۔

جب ان نمک کی کانوں پر پھاوڑوں کی چوٹ پڑے گی اور ان کے پرخچے اڑا کر روٹیوں میں گوندھ ڈالے جائیں گے تو اس خالص نمک کے تودے کی روٹی نمکین نہیں بلکہ کرکری ہوگی، پھر اس کرکری روٹی کا نوالہ بھی تھوک دیا جائے گا۔

میری ایک بھابی بھی ہے۔ یہ تعلیم یافتہ کہلاتی ہے، اسے ایک کامیاب بیوی بننے کی مکمل تعلیم ملی ہے۔ وہ ستار بجا سکتی ہے۔ پینٹنگ کر سکتی ہے۔ ٹینس کھیلنے، موٹر چلانے اور گھوڑے کی سواری میں مشاق ہے۔ بچوں کی پرورش آیا سے بخیر و خوبی کروا سکتی ہے۔ بہ یک وقت سوڈیڑھ سو مہمانوں کی آؤ بھگت کر سکتی ہے۔ میرا مطلب ہے بیرا لوگ کو اپنی نگرانی میں رکھ کے۔ بڑے لاڈ پیار سے اس کی کانوینٹ میں تربیت ہوئی، اور جب خدا رکھے سن بلوغ کو پہونچی تو اس کے روشن خیال والدین نے اس کے حضور میں ہونہار امیدواروں کی ایک رجمنٹ کو پیش ہونے کی اجازت دے دی۔ ان میں آئی۔ سی۔ ایس بھی تھے اور پی۔ سی۔ ایس بھی تھے۔ حسین اور تعلیم یافتہ بھی تھے، بدصورت اور دودھاری گائیں بھی اشرفیوں کے تھیلوں کے ساتھ منہ کا مزہ بدلنے کو کچھ ادیب بھی اور شاعر بھی اور پھر

اس سے کہہ دیا کہ بیٹی تیرے آنکھیں بھی ہیں اور ناک بھی۔ خوب ٹھونک بجا کر ایک بکرا چھانٹ لے۔

سو اس نے خوب جانچ پڑتال کر ایک اپنے ہی پلے کا مغاری بھرکم چُن لیا اور اس پر عاشق ہو گئی جس کی داد اس کے والدین نے عظیم الشان جہیز کی صورت میں دی۔

لوگ اس ہنس ہنسنی کے جوڑے کو رشک کی نگاہوں سے دیکھتے ہیں اور وہ بھی شدت الفت میں بیتاب ہو کر ایک دوسرے کو "ڈارلنگ" کہتے ہیں

دونوں میاں بیوی ایک ہی فرمے کے بنے ہوئے ہیں۔ ان کے مزاج یکساں پسند اور ناپسند یکساں، غرض ہر بات یکساں ہے۔ دونوں ایک ہی کلب کے ممبر ہیں دونوں ایک ہی سوسائٹی کے چہیتے فرد ....... ایک ہی تھیلی کے چٹے بٹے۔ یہی وجہ ہے کہ انھیں ایک دوسرے سے اتنی شدید قسم کی نفرت ہے، وہ مہینوں ایک دوسرے کی صورت نہیں دیکھتے۔ فرصت ہی نہیں ملتی۔

میاں کا ایک دوسرے اعلیٰ افسر کی بیوی سے مشہور و معروف قسم کا عشق چل رہا ہے اور بیوی اس کے ایک ہم عصر سے مانوس ہے جس کی بیوی اپنی سہیلی کے میاں سے الجھی ہوئی ہے۔ یہ سہیلی ایک سارجنٹ کے دام الفت میں گرفتار ہے جس کی اپنی بیوی ایک بوہرے سیٹھ کے پاس رہتی ہے۔ جس کی پرانی چھیک دو بیوی منیجر سے الجھی ہوئی ہے جو اینگلو انڈین لڑکیوں کے چکر میں پڑا ہوا ہے جو ملٹری کے نو عمر ....... اُف چھوڑیے بھی کیا فائدہ دخل در معقولات سے۔ میرے بال نائی کے پاس نائی کا استرہ میرے پاس۔ میرا استرہ گھسیارے

کے پاس۔ اس طرح یہ زنجیر ایک حلقہ کے منہ میں دوسرے کی دُم لئے دنیا کے گرد چکر کاٹ رہی ہے۔ میری بھابی بھی اس زنجیر کا ایک حلقہ ہے اور وہاں جب تک لٹکی رہے گی جب تک زنجیر کرہ ارض کو جکڑے رہے گی۔

اور میری تیسری بھابی تو جگ کی دلھن ہے۔ وہ اُس سڑک کے مانند ہے جس پر سب چلتے ہیں۔ اس چھاؤں کی طرح ہے جو ہر تھکے ماندے کو اپنی آغوش میں تھپکیاں دے کر خود فراموشی کے اسباب مہیا کرتی ہے۔ وہ ساجھے کی ہانڈی ہے جو آخر میں چوراہے پر پھوٹے گی' وہ جنھیں منہ کا مزا بدلنے کے لئے نعمت خانہ میں مال مصالہ رکھنے کی توفیق نہیں وہ اس صلائے عام سے فائدہ اُٹھاتے ہیں

وہ روز شام کو نئے دولھا کی دلھن بنتی ہے اور صبح کو بیوا ہو جاتی ہے وہ اپنی ان بہنوں سے خوش نصیب ہے جو اللہ کی دین سے ایک شب میں دس بارہ بار دُلھن بنتی ہیں۔ دس براتیں چڑھتی ہیں اور دس بار رانڈ ہوتی ہیں۔ بعض لوگ ناک چڑھی پڑوسنوں کی طرح اس پر ٹیڑھی ٹیڑھی نظریں ڈالتے ہیں ان کا خیال ہے کہ وہ کچھ نیچ ہے۔ کوئی گناہ کر رہی ہے۔

مگر خود اس کی سمجھ میں نہیں آتا کہ وہ کون سا پاپ کر رہی ہے۔ دنیا میں کیا نہیں بکتا اور کیا نہیں خریدا جاتا۔ جو لوگ اسے جسم بیچتا دیکھ کر اتنا بلبلا اٹھتے ہیں کیا لوگ پیسے کے عوض اپنے دماغ نہیں بیچتے اپنے تخیلات کا سودا نہیں کرتے۔ اپنا ضمیر نہیں بیچتے۔ معصوموں کا خون بھی تو آٹے میں گوندھ کر بکتا ہے۔ کاریگر کا

گاڑھا پسینہ کبھی تو کپڑے کے تھان رنگ کر فروخت کیا جاتا ہے۔ ایک کلرک کی پوری زندگی چالیس روپیہ مہینے پر بک جاتی ہے۔ ایک ٹیچر کی پوری عمر کا سودا اتنے ہی داموں پر ہو جاتا ہے۔ تو پھر اس جسم خاکی کے لئے کیوں اتنی نے دے۔

اور اس کا باپ کالے بازار کا معزز ستون تھا۔ اس کا بھائی ناجائز ذرائع سے ناجائز لوگوں تک پہونچاتا تھا، اس کا دوسرا بھائی پولیس کا ذمہ دار فرد ہوتے ہوئے بھی غیر ذمہ دارانہ حرکتیں کیا کرتا تھا۔ اور دنیا ان سب کو جانتے ہوئے بھی انہیں گلے سے لگائے بیٹھی ہے۔ وہ بھی تو آخر انہیں میں سے ایک ہے جہاں آوے کا آوا ٹیڑھا ہے وہاں اس کی بھی کھپت ہونی چاہیئے۔

ویسے وہ کوئی پشتہا پشت کی رنڈی نہیں اس میں اس کا کیا قصور، وہ آرٹ کی خدمت کرنے فلم لائن میں گئی اور وہاں سے لوگ نہ جانے کب اور کیسے اسے دھیرے دھیرے اس کونے میں کھینچ لائے۔ اس نے یہی تو کیا کہ فلم اسٹار بننے کی خاطر ہر آستانے پر سر ٹکایا۔ فنانسر سے لے کر ایکسٹرا تک کے گھر کی خاک چھانتے چھانتے وہ خود چھلنی بن گئی۔ اس گڑبڑ میں وہ نہ جانے کون سا ریہرسل غلط کر گئی جو بجائے آسمانِ فلم کا درخشاں تارہ بننے کے وہ یہاں سڑک کے کنارے ٹمٹمانے لگی۔

یہی نہیں کہ اس نے شادی نہ کی ہو، اس نے اس کمچے کی بھی دشت پیمائی کر کے دیکھ لی۔ مگر شادی کے چند ہی مہینے بعد اس کا میاں احسب معمول ادھر ادھر جانے لگا۔ وہ شاید تنگی ترشی میں بھی گزر کر لیتی، مگر وہ تو جتنے پیر سکوڑتی گئی اتنی ہی وہ چادر کترتا گیا۔

سوائے بیوی بننے کے اُسے اور کوئی ہنر نہ آتا تھا۔ وہ چاہتی تو تیس پینتیس کی استانی گیری کر لیتی مگر اتنے روپے سے تو اسے شمو کا خرچ چلانے کی بھی عادت نہ تھی۔ یا ہسپتال میں نرس بننے کی کوشش کرتی، اور ساٹھ روپے کے عوض۔ خون، پیپ، کھانسی، بخار۔ قے دست میں قلابازیاں کھاتی۔ لیکن وہ اچھی طرح جانتی تھی کہ اس قسم کی حماقتوں میں جان کھپانے کا شوق اس کے خمیر میں حلول نہیں مجبوراً اسے فلم کے دروازے پر دستک دینی پڑی۔

رنگین فلم ہندوستان میں بنتے تو شاید اس کا میدا شہاب۔ رنگ کچھ برق پاشیاں کر سکتا۔ لیکن ان کالے سفید فلموں میں اس کی چوڑی چکلی ناک، اور چندھی آنکھوں نے اسکی لٹیا ڈبو دی۔ دو چار تھکی ہاری فلمیں بنا کر وہ فنانسر کی آغوش سے گر کر ڈائرکٹر کے پاس آئی۔ وہاں سے پھسلی تو ہیرو اور ساؤنڈ ہیرو کے ہتھے چڑھی۔ اس کے بعد ایک کیمرہ مین لپکا۔ ........ وہاں سے جو ٹپکی تو قعر گمنامی میں کھسک گئی اور جب آنکھ کھلی تو اس نے خود کو اس بازار حسن میں معلق پایا مگر وہ اب بڑی سمجھدار ہوگئی ہے۔ لمبے گاہکوں کو بڑی ہوشیاری سے ناپتی تولتی اگر کسی دن کوئی موٹی مرغی، بدصورت بیوی اور غلیظ بچوں کی منگالی ہاتھ آگئی تو وہ اُسے اپنا مستقل گاہک بنا ڈالے گی اور سرکار سے اس استقلال کا سارٹیفکیٹ حاصل کر کے کالے بازار کے آیندہ ستون تعمیر کرنا شروع کردے گی۔

یہ ہیں آدم و حوّا کے جانشین۔ تخلیق کے علم بردار اور دنیا کی گاڑی کو چلانے والے جو بجائے چلانے کے اسے لات گھونسے سے آگے پیچھے ڈھکیل رہے ہیں۔

مگر ٹھہریے میری ایک اور بھابی ہے، پر وہ نہ جانے کہاں ہے۔ میں نے ایک آدھ بار صرف اس کی جھلک دیکھی ہے۔ کبھی اس کے ماتھے پر ڈھلکے ہوئے زرتار آنچل کو دیکھا ہے۔ مگر اسے پرچم بنتے نہیں دیکھا۔ ان کی دودھ ایسی پیشانی پر محنت کی افشاں چنی دیکھی ہے۔ مگر اس افشاں میں اودے پیلے نیلے سب رنگ ہیں اور سہاگ کی سرخی کی جھلک نظر نہیں آتی۔ میں نے اس کی حسین انگلیاں تو دیکھی ہیں، مگر انھیں الجھے بالوں کا پیچ و خم سلجھاتے نہیں دیکھا۔ اس کی سانولی شام کو شرمانے والی زلفوں کی گھٹائیں دیکھی ہیں مگر انھیں کسی کے تھکے ہوئے شانوں پر پریشان ہوتے نہیں دیکھا۔ میں نے اس کا چکنا میدے کی لوئی جیسا پیٹ تو دیکھا ہے۔ مگر اس میں ابھی نئی امید کے پودے کو پروان چڑھتے نہیں دیکھا میں نے اس کی چتونیں دیکھی ہیں مگر انھیں شمشیر بنتے نہیں دیکھا۔

سنتے ہیں سنہرے دلیسوں میں وہ آن بسی ہے اور ماتھے کی افشاں اور سہاگ کا سیندور بن چکی ہے......... اس کی مہکتی زلفیں۔ چوڑے چکلے شانوں پر بکھر رہی ہیں ... ...... ... اس کی پتلی پتلی انگلیاں اُلجھے بال ہی نہیں سلجھا رہی ہیں بلکہ بندوقوں میں کارتوس بھر رہی ہیں اور تلواروں کی دھار پر اپنی تیکھی چتونوں سے سان رکھ رہی ہیں۔

دور جانے کی ضرورت نہیں ...... ... یہیں بہت قریب میرے پڑوس میں تلنگانہ کی البیلیاں، جی دار جوانوں کی آرتیاں اتار رہی ہیں۔ اور ان کے ہتھیاروں پر عقیدت کے پھول چڑھا کر سیندور کے ٹیکے لگا رہی ہیں میرا ارادہ ہے کہ ایک دن میں بھی اس سرزمین پر جاؤں گی اور اُن

سہاگنوں سے مانگ کا تھوڑا سا سیندور مانگ لاؤں گی ......... اور اسے اپنی مانگ میں رچاؤں گی۔

اور پھر وہ میری چہیتی بھابی میرے دیس کے کونے کونے میں آن بسے گی۔ اگر ان ساس نندوں کے ڈر سے میری بھابی بن کر نہ آسکی تو میں دعوے سے کہتی ہوں، کہ وہ میری بہو بن کر تو ضرور آئے گی۔

# بمبئی سے بھوپال تک

"بھئی واہ ......... خوب گئے تم لوگ بھوپال !" یوسف نے مسرت سے بلبلا کر کہا۔

آپ سوچ رہے ہوں گے کہ یہ کون ذات شریف ہیں۔ یوسف صاحب اور بھوپال میں منعقد ہونے والی ترقی پسند مصنفین کی کانفرنس سے ان کا کیا رشتہ؟

اگر آپ کو کسی ایسے آلے کی تلاش ہو جس کی مدد سے بغیر دماغ کھپائے یہ معلوم ہو جائے کہ کون سی چیز ترقی پسند ہے اور کون سی رجعت پسند تو آپ یوسف سے رجوع کیجیے۔ جس بات پر یوسف گالیاں دے اور کاٹنے دوڑے سمجھ لیجیے وہ سو فیصدی ترقی پسند ہے اور جس پر وہ دانت نکال کر ہنسنے لگے وہ رجعت پسند ہے۔

اب اس ہی کی بات سے اندازہ لگا لیجیے کہ یوسف کے خیال میں عسکری دنیا کا سب سے بڑا فلاسفر ہے۔ میرا جی عظیم ترین شاعر ہے، اور عباس نے اگر کوئی سلیقہ کی چیز ساری عمر لکھی ہے تو وہ "اور انسان مرگیا" کا دیباچہ ہے۔ صحیح طریقہ جینے کا وہی ہے جس کی تصویر را مانند ساگر نے کھینچی ہے۔

تو پھر علی سردار جعفری کی گرفتاری کی خبر سُن کر جو ہماری صفوں میں بھگدڑ پڑگئی، اسے دیکھ کر یوسف کی باچھیں کیوں نہ کھل جاتیں؟ کوئی دوسرا وقت ہوتا تو میں شاید چڑھ جانے کی کوشش کرتی مگر سیما کے پاجامے نہیں سلے تھے، جانگیوں میں سردی لگتی۔ چلو اچھا ہی ہوا جو کچھ ہوا۔

جعفری نے بڑا اگھر بسایا۔ کیفی اعظمی اور نیاز حیدر کے نام وارنٹ بھوپال کے مشاعرے کا تو مرثیہ لکھ گیا۔ جعفری ہی ہم لوگوں کو بھی ڈرا دھمکا کر بہلا پھسلا کر بھوپال لے جارہے تھے، ادھر سے ڈھیل ملی، ادھر ہم سب کے سب کٹ پتلیوں کی طرح چت پڑ گئے۔

اتوار کے دن یہ فیصلہ کرکے کہ بھوپال تو جانا نہیں ہے چلو ترقی پسند مصنفین کی میٹنگ میں سردار کی گرفتاری پر ذرا اظہارِ غم و غصہ ہی کر آئیں۔ اور جناب وہاں جاکر صورت حال بدلی ہوئی نظر آئی۔ جعفری کی غیر موجودگی میں کرشن چندر سالار اعلیٰ بنے مورچہ سنبھالے کھڑے تھے۔

"ہمیں بھوپال جانا ہے اور اب تو ضرور ہی جانا پڑے گا" سالار اعلیٰ نے الٹی میٹم دے دیا۔ اور تو شاہد لطیف جو عرصہ ہوا ادب کا دشمن

چھوڑ کر فلم سے وابستہ ہو چکے ہیں۔ جوش میں آگئے اور کہا ہماری انتہائی بزدلی ہے کہ اگر ہمارا ایک ممبر پکڑا جائے تو ہم سب کے سب دبک کر رہ جائیں۔ ایک سردار کی گرفتاری نے ہم سب کی گردنوں میں کم ہمتی کا طوق ڈال دیا۔ بس جناب آگیا جوش اور میں نے راتوں رات سیما کے پاجامے سی ڈالے اور یہ مختصر سا لشکر چھ بڑے اور دو چھوٹے افراد پر مشتمل بھوپال روانہ ہو گیا۔ کرشن چندر، مہندر ناتھ، شاہد لطیف، مجروح، عادل رشید اور میں ایک بچی میری اور ایک عادل رشید کی۔ باقی کی رونق صندوقوں ناشتہ دانوں اور بستروں نے مہیا کر دی۔

ارادہ تو یہ تھا کہ تھرڈ میں جائیں گے مگر بعد میں معلوم ہوا کہ تھرڈ کا ڈبہ ربر کا بنا ہوا نہیں، وہاں تو ہوا کی بھی مجال نہیں کہ پر مار سکے۔ ویسے تھرڈ کلاس کی تمام مشکلات ریلوے کے محکمے نے بڑی کاوشوں کے بعد سکنڈ کلاس ہی میں مہیا فرما دی ہیں لہذا ہم لوگ بڑے آرام سے بستروں، پوٹلیوں اور صندوقوں کے نوک دار کونوں پر بیٹھ کر رمی کھیلنے لگے۔

اتنے میں عادل رشید نے چند پہاڑیوں کی طرف نہ جانے کون سی پہاڑی کو چھانٹ کر اشارہ کیا" حاجی ملنگ شریف" حاجی ملنگ شریف، اور ہم سب اپنے چہروں پر تقدس کی گھٹائیں جمع کر کے پہاڑیوں کو گھورنے لگے۔ اس وقت مجروح کے پاس دو جوکر آئے تھے اور وہ مصر تھے کہ قبر پرستی کا خیال چھوڑ کر سب کو تاشوں کی طرف متوجہ ہونا چاہیئے، مگر ہم نہایت دل لگا کر دعا مانگ رہے تھے" یا حاجی ملنگ شریف! جوکر دلوائیے۔ یا

پیر دستگیر! جوکر دلوائیے۔"

"آپ لوگوں کو اعتقاد نہیں ہے اس لئے آپ کی دعا ہرگز قبول نہ ہوگی۔" مجروح نے موقع پاتے ہی جوکر پار کر دیا۔

اور میں سوچنے لگی۔ یہ اعتقاد کیا بلا ہے۔ ہم لوگوں کو ہر چیز پر اعتقاد رکھنے اور رکھوانے کی عادت کیوں ہے؟ کب تک مردوں سے اپنے حقوق مانگتے رہیں گے۔ مجروح کی طرح تاش کی گڈی میں سے جوکر کیوں نہیں سرکا لیتے۔

"ٹھاٹ ہیں ان لوگوں کے" عادل نے جگہ کی قلت کی وجہ سے جسم توڑ مروڑ کر مختصر بنانے کی کوشش کرتے ہوئے کہا۔ "قبر میں پیر پھیلا کر سونے کی جگہ تو ملتی ہے۔"

"ان کے ہاں پگڑی وگڑی تو نہ بھرنی پڑتی ہوگی" نہندر ناتھ بولے "مگر چین کہاں ہے ان بیچاروں کے نصیب میں۔ دن رات کی دھما چوکڑی تو مچی رہتی ہے۔ کبھی بھوت اتر رہے ہیں، کبھی بے سُری قوالیاں ہو رہی ہیں۔ اور تو اور لوگ اپنی منہ چڑھی رنڈیوں کو لے کر داد عیش دینے بھی یہیں آتے ہیں۔ انسان مرتا ہے۔ زندگی کی دوڑ دھوپ سے تھک کر پیر پسارنے کے لئے، نہ کہ یوں اپنے سینے پر کودوں دلوانے کے لئے۔"

"بھئی میں نے کبھی خطبۂ صدارت نہیں لکھا ہے اور نہ ہی اب لکھ سکنے کا ارادہ ہے۔" میں نے الٹی میٹم دے دیا۔

"ارے بالکل مشکل نہیں۔ گھنٹہ بھر میں لکھ جائے گا" سالار اعلیٰ نے اطمینان دلایا۔

"مگر مجھے معلوم ہی نہیں کہ وہ کم بخت لکھا کیسے جاتا ہے۔ سمجھ ہی میں نہیں آتا کہ شروع کہاں سے کروں ......... معزز حاضرین، ........ حاضرات ........"

"نہیں جی ان حماقتوں کی قطعی ضرورت نہیں" اس کے بعد انھوں نے تمام ہتھکنڈے خطبۂ صدارت لکھنے کے باقاعدہ سمجھانا شروع کر دئے جو میری کھوپڑی کیں کسی سوراخ سے بھی گھسنے پر رضامند نہ ہوئے اور مجھ پر ہول سوار ہونا شروع ہو گیا۔

"میں خطبۂ صدارت ساری عمر نہ لکھ سکوں گی۔ بہتر ہے کہ آپ لوگ ایک ایک پیراگراف بانٹ کر نہایت خوشخط لکھ ڈالیں، میں اُسے پڑھ دوں گی جیسا کہ میں نے ایک دفعہ اور بھی کیا تھا۔

یہ جب کا واقعہ ہے جب میں نے پہلی دفعہ اسکول میں کام کرنا شروع کیا تھا ہمارے مینیجر صاحب نے حکم دیا۔

"ایک خطبۂ صدارت لکھ ڈالئے"

"معاف کیجیے گا مجھے خطبۂ صدارت لکھنا نہیں آتے۔"

"ارے اس میں بات ہی کیا ہے۔ گھنٹہ بھر میں لکھ جائے گا۔" انھوں نے کرشن چندر کی طرح چٹکی بجائی تھی۔

"آپ ایک گھنٹہ کہتے ہیں میں ایک برس میں بھی اتنی ثقیل چیز نہ لکھ سکوں گی۔"

"ہیں! یعنی خطبۂ صدارت ثقیل چیز ہوتا ہے۔"

اور جی ہاں۔ اور قطعی بے ہودہ بھی۔"

"معاف کیجئے گا اور آپ جو یہ بیہودہ، معاف کیجئے گا افسوسناک حد تک بیہودہ چیزیں لکھا کرتی ہیں ........." جل گئے

"مگر آپ خطبۂ صدارت تو افسوس ناک حد تک بیہودہ شاید لکھوانا پسند نہ کریں گے۔"

"خیر صاحب میں ہی جھک ماروں گا۔"

وہ خون کھولاتے رہے اور دوسرے دن بیچارے نہایت دقیق قسم کی جھک مار لائے۔ مگر یہاں کوئی مینیجر صاحب کی طرح جھک مارنے کو تیار نہ ہوا۔

"آپ عورتوں کو مردوں کے برابر حقوق دلوانا چاہتی ہیں؟" کرشن نے طعنہ مارا۔

"کون احمق مردوں سے برابری کرنا چاہتا ہے۔ ہمارے حقوق اور ہماری ذمہ داریاں زیادہ ہیں اور زیادہ رہیں گی۔"

مگر کوئی طعنہ کوئی خوشامد اور کوئی دھمکی کارآمد ثابت نہ ہوئی۔ کرشن چندر صرف چند پوائنٹ سے آگے نہ کہہ سکے۔

"ارے حاجی ملنگ، حاجی ملنگ!" عادل رشید پھر چلائے

"ارے بھئی یہ حاجی ملنگ ہمارے پیچھے کیوں پڑ گئے ہیں؟" کرشن بولے۔ "ایسا معلوم ہوتا ہے ہمارے ساتھ کانفرنس میں بھوپال جا رہے ہیں۔" اور کرشن چندر نے تخیل کی لگام جھٹک کر چھوڑ دی ........" ان

پیر۔ فقیر لوگوں کی کیا کانفرنسیں نہیں ہوتیں۔ اگر ان کی ایک کانفرنس ہوائی میں کلیر شریف، اجمیر شریف۔ غازی میاں۔ معین الدین چشتی تشریف لائیں تو بھلا کس قسم کی بات چیت کریں گے۔ اُن کی کیا مشکلات ہوں گی۔

یہی کہ لوگ بڑے بیہودہ ہوتے جا رہے ہیں۔ نذر نیاز غائب خالی خولی دعائیں مانگنے چلے آ رہے ہیں۔ ادھر بوہروں اور خوجوں کی آمد میں بھی کمی آگئی ہے۔ بڑے بڑے آسامی تو پاکستان کھسک گئے ہیں۔ اب ٹٹ پونجیے رہ گئے ہیں، سو یہ کس کام کے۔ باقی رہے دہریے' سو ان کا حشر کافروں کے ساتھ ہوگا۔"

"اُنھ تو پھر یہ لوگ بھی پاکستان کیوں نہیں چلے جاتے۔ دنیا کی منتیں مرادیں پوری کرتے ہیں۔ ذرا اپنا مزار شریف کھسکا لے جائیں۔"

"کھسکانا ہی پڑے گا ایک دن بے چاروں کو۔ اپنے باپو کی کتنی ڈھیر ساری یاترائیں بن رہی ہیں۔ نئی یاتراؤں کے سامنے یہ بیچاری پرانی قبروں کی کیا چلے گی۔"

"یہ آپ کیسے کہہ رہے ہیں۔ ہندستان ایک سیکولر اسٹیٹ ہے۔ یہاں مذہبی رواداری قائم رہے گی۔ مسلمانوں کو حق حاصل ہوگا کہ وہ جتنے حاجی ملنگ بنانا چاہیں آزادی سے بنا سکتے ہیں۔"

"ارے کفر کیوں بک رہے ہو کم بختو! حاجی ملنگ کو غصہ آگیا تو ریل اٹھا کر پٹخ دیں گے" عاول رشید نے ڈرایا!

"سبوٹاج ——— بڑا رکیک حربہ ہے" شاہد صاحب بولے۔

"اتنا ہی رکیک جتنا صنفِ مخالف کے افراد کو جیلوں میں ٹھونسنا ہے، ان کی زبانوں پر تالے ڈالنا ہے، ان کے اخباروں کا گلا گھونٹنا ہے۔" کرشن نے تشریح کی۔

"شش شش۔ پتا چلو پتا" مہندر ناتھ بولے۔

اور ہم لوگ پتہ چلنے لگے۔

ساتھ کھانا بھی تھا اور بھوک بھی، مگر ٹفن کیریر کھول کر کوشش کی گئی تو معلوم ہوا کہ اس مہم کو سر انجام دینے کے لیے خاص قسم کی نٹ بازی کی ضرورت ہے۔ نوالہ واقعی مُنہ کے بجائے ناک میں گھس رہا تھا۔ کچھ تو ڈائننگ کار کی لہریں اور کچھ ریل بھی ہل رہی تھی۔ اُدھر کوئی بکس کا کونہ چبھ رہا تھا اور کسی ہولڈال کا بکسوا ان کے آرپار ہو رہا تھا۔

"ارے صاحب انقلاب لانا مذاق نہ باشد۔ سالے یہ صندوق اور ہولڈال کس شمار و قطار میں ہیں۔ آج مجروح انقلاب لانے کا پکا فیصلہ کر چکے تھے۔ چنانچہ جب کوئی بھاری صندوق گھسیٹنے کا موقع آتا شاہد لطیف للکارتے۔

"میاں مجروح! اسی برتے پر کہتے ہو انقلاب لانا ہے۔" اور جوش میں آکر مجروح بکس گھسیٹتے اور بستر گھسیٹتے۔ بچیوں کو باتھ روم لے جاتے ایسے کہ ان کے جوتے نہ خراب ہوں اور پھر بکس گھسیٹتے۔ اور اس شان سے کہ ہر بار کمپارٹمنٹ میں انقلاب عظیم کا لطف آجاتا۔

کھانے کے بعد سونے کا اہم سوال اٹھا۔ کرشن چندر اور شاہد لطیف نے

انتظام اپنے ہاتھ میں لیا اور ہم لوگ شرنارتھیوں کی سی مسکین صورت بناکر بیٹھ گئے۔ ایک سیٹ مجھے اور رسلیا کو دی گئی۔ ایک سیٹ عادل رشید اور ان کی لڑکی ناہید کو۔ ہم بچّے والوں کا تو انتظام ہوگیا۔ رہ گئی ایک چھوٹی سی سیٹ اور باقی چار آدمی۔ تھوڑی سی تو تو میں میں کے بعد یہ طے پایا کہ وہ سیٹ کرشن چندر اور مہندر ناتھ کو دے دی جائے۔ یقین مانئے وہ اچھے بھلے مرد نہ جانے کس طرح اپنے آپ کو توڑ مروڑ کر اس سیٹ پر اٹک گئے۔ رہ گئے شاہد اور مجروح۔ تو ان کی حالت یہ تھی کہ اگر سوئی کی نوک پر بھی لٹکا دئے جاتے تب بھی نہایت آرام سے سوجاتے۔ دو چار گٹھریوں، پوٹلیوں اور بڑی ساخت کے صندوقوں پر یہ لوگ بیٹھے، پھیلے، پھر خراٹے لینے لگے۔

بھسادل کے اسٹیشن پر معلوم ہوا کہ وہاں کے ترقی پسند مصنفین کو نہ جانے کس طرح خبر مل گئی کہ آج بھوپال جانے والے ادھر سے گزریں گے وہ لوگ ہار پھول لئے اتنی سردی میں بے تکی رفتار سے آنے والی گاڑی کا انتظار کر رہے تھے۔ انھوں نے ہمیں ایک ہی پیغام دیا کہ بھوپال میں منعقد ہونے والی کانفرنس میں میدان ترقی پسند مصنفین کے ہاتھ سے نکل کر کہیں رجعت پسندوں کے قبضے میں نہ چلا جائے۔ یہ سُن کر اونگھتی ہوئی فضا چونکتی ہوگئی اور ہم لوگ اپنے گلوں میں ان کے ہار اور دلوں میں ان کا قصد لے کر روانہ ہوگئے۔ کسی ایک محاذ پر ہمیں شکست ہوگئی تو باقی کے کتنے محاذ کمزور پڑجائیں گے۔ ایسا نہیں ہوگا۔

پلک جھپکتے رات گذر گئی۔ پو پھٹتے ہی مجروح نے حلق پھاڑ کر پکارنا

شروع کیا کہ چلئے آگئی ہے۔ اگر فوراً نہ پی گئی تو ٹھنڈی ہو جائے گی۔ بسکٹ بھی کھانے پڑیں گے ورنہ پیسے خراب ہونے کا اندیشہ ہے۔ خیر صاحب چلئے بھی پینی پڑی اور پچپا سا بسکٹ بھی کھانا پڑا۔

مجروح ایک تو ترقی پسند شاعروں کے نمائندہ بن کر جا رہے تھے کیونکہ اللہ کے دیے ایک وہی باقی بچ رہے تھے۔ دوسرے دولھا بن کر بھی جا رہے تھے کیونکہ بھوپال سے انھیں سیدھے اپنی برات میں شرکت کرنے کے لئے جانا تھا۔ لیکن وہ نہایت کھرے پن سے جھینپ رہے تھے۔ جیسے اگر وہ دولھا بن گئے تو انقلاب نہ لا سکیں گے۔ شادی بذات خود ایک رجعت پسندانہ فعل ہے۔ خاص طور پر ایسی حالت میں کہ فریق مخالف گاؤں کی ایک ناخواندہ الھڑ دلھن ہو جیسی کہ مجروح کے پلے باندھی جا رہی تھی۔

"ارے بھئی تو کیا زبردستی ہے۔ کیوں کر رہے ہو تم ایسی شادی؟" مہندر ناتھ جھلائے۔

"اس لئے کہ میں نہیں چاہتا کہ میری گرہستی زندگی چکنی ہموار سڑک پر تیل دیے ہوئے پہیے کی طرح پھسلتی چلی جائے مجھے ہچکولوں کی ضرورت ہے میں خانہ آباد ہو کر بیوی بچوں کی محبت میں اونگھ جاؤں گا، پھر یہ کسک، یہ ٹیس اور یہ گداز مندمل ہو جائے گا۔"

اور میں سوچنے لگی یہ کیا بات ہے۔ یہ ادیب اور شاعر گاؤں کی بھولی بھالی الھڑ دوشیزہ کو صرف تخیل کی دنیا میں اچھالتے ہیں اور جو زندگی میں آمنا سامنا ہو جائے تو سر پکڑ کر بیٹھ جاتے ہیں۔ یہ کیوں ـــــ؟

ان مردوں کو اپنے سارے کارناموں کا الزام عورت کے سر تھوپنے میں کیا مزہ آتا ہے۔ جب تک کلیجے پر بے وفائی کا زخم نہ لگے شاعری کی مدیرا نہیں چھلکتی۔ الہام صادر ہونے کے لئے لازم ہے کہ کوئی چک پھیریاں دیکر چھوڑ دے........ مگر اپنے مجاز کو تو یہ نسخہ الٹا پڑ گیا۔ شائد خوراک انڈیلتے وقت ہاتھ بہک گیا اور مقدار کچھ زیادہ ہوگئی۔ اب حکیموں نے یہ رائے قائم کی ہے کہ کوئی نہایت ملین سی معجون اللہ شافی کہہ کر دیجائے تو یقیناً شاعری کی مرجھائی ہوئی کونپل میں جان پڑ جائے گی۔ اور میں نے دعا مانگی کہ خدا کرے یہ گاؤں کی نئی نویلی دلھن جلد ہی داؤں پیچ سیکھ جائے اور مجروح کے دل کو دو چار ایسے اڑنگے لگائے کہ ایک بار واقعی "غم جاناں" پھیل کر "غم دوراں" ہو جائے۔

بھوپال کے اسٹیشن پر لوگ استقبال کو موجود تھے۔ میں اور شاہد جان نثار اختر کے یہاں پہنچا دیے گئے۔ عادل رشید اپنی سسرال چلے گئے اور کرشن چندر اور مہندر وغیرہ کو اختر سعید لے گئے۔ اس چھوٹے سے سفر کے بعد ہی یہ بٹوارا کچھ شاق گذرا۔

جاں نثار اختر کے گھر پہونچے تو "زینہ ہی پر میں اور صفیہ ایسے بھدے پن سے گلے ملے کہ نیچے لڑ کھڑاتے بچے۔ اوپر پہونچ کر ایک دوسرے کے بچوں کا جائزہ لینا شروع کر دیا۔ صفیہ نے کہا "میری بچی ہم دونوں سے اچھی ہے"۔ اور میں نے کہا "اس کے بچے ان دونوں سے اچھے ہیں" اور پھر ہم دونوں نے فیصلہ کیا کہ ہم ایک بہتر دنیا کی بنیادیں ڈال رہے ہیں

ایک تندرست اور خوبصورت دنیا۔

ناشتہ کرکے صفیہ تو کسی کام سے کالج چلی گئی اور مجھ سے کہہ گئی کہ جو کچھ جی چاہے پکواؤ اور کھاؤ اور مجھے خیال آیا کہ مجھے ابھی جھک مارنا ہے یعنی خطبۂ صدارت ـــــ اُف میری جان نکل گئی۔ میری ہی بچی کیا کم تھی کہ اور صفیہ میری تربیت پر اپنے دونوں چراغ روشن کر گئی۔

شکر ہے خطبۂ صدارت فسادات کے بارے میں تھا۔ ان تینوں بچوں نے مل کر میری ہستی کو کھنڈر بنانے کا تہیہ کر لیا تھا۔ کرشن چندر کا کہنا ہے کہ میں نے اس میں تلخ نوائی سے کام لیا ہے۔ ضرور لیا ہوگا اور بخدا اس میں میرا کوئی قصور نہیں۔ اُف یہ بچے!

کانفرنس کے پہلے اجلاس میں جاتے وقت میری اور صفیہ کی کسی نہایت ہی معمولی بات پر کھٹ پٹ ہوگئی۔ اس کا کہنا تھا کہ میرے خمیر میں تیزابیت بہت ہے اور میں کہتی تھی کہ اُسے بناتے وقت فرشتوں نے مٹی کو بجائے سادہ پانی کے شہد اور دودھ میں گوندھ ڈالا تھا۔ ہم ایک دوسرے کو احمق سمجھتے ہوئے منٹو ہال پہونچ گئے۔ ہال کے ایک کونے میں پردے کا انتظام تھا۔ مردانے میں بھیڑ کم تھی، مگر زنانخانے میں کافی گھماگھمی تھی ہال بڑا تھا اور مائیکر وفون کچھ عجیب ڈھیٹ قسم کا کچھ سمجھ میں نہیں آرہا تھا اور لڑکیاں رہ رہ کر ہال سے اس کونے سے اُس کونے تک اس امید میں دوڑ رہی تھیں کہ شاید ایک آدھ لفظ لپک سکیں۔ جب نا امید ہوگئیں تو خالص عورتوں کے انداز میں بیٹھ کر ترقی پسند مصنفین کی ناکوں اور مونچھوں پر ناقدانہ

بحث مباحثہ کرنے لگیں لیکن نہ جانے کیا ہوا کہ ایک دم سے مائیکر وفون جاگ اٹھا۔ جوں ہی کرشن چندر نے خطبۂ صدارت شروع کیا۔ ان کی آواز صاف آنے لگی۔ اس پر میں نے اور صفیہ نے ایک بوگس قسم کا لطیفہ ایک دوسرے کے کان میں پھونکا۔

خطبۂ صدارت پسند کیا گیا۔ نہ صرف اپنے موضوع کی بنا پر بلکہ کرشن کی اس شاعری کے بل بوتے پر جس پر ایک دفعہ علی سردار جعفری کو بھی اعتراض ہوا تھا۔ میں نے دیکھا کہ کرشن کا طرزِ تحریر نوخیز دلوں کو بڑا مسحور بنا دیتا ہے کرشن جوتا بھی مارتا ہے تو شاعری میں لپیٹ کر اور یہی وجہ ہے کہ ضرب گہری پڑتی ہے مگر نشان نہیں پڑتا۔ میرا دل بیٹھنے لگا۔ میں تو جیسے کھرونچے سے مارتی ہوں جن سے کھال چھل جاتی ہے۔ خطبۂ صدارت کا بھوت دانت نکوس کر مجھے ڈرانے لگا ہے۔ واپس آکر میں نے اس میں کے کئی ایک کلنٹے ذرا کھٹل کیے۔

کتنے دماغوں پر کرشن کو گرفت حاصل ہے۔ کچی ٹہنیاں اس کی تحریر کی آندھیوں کے رُخ پر جھک رہی ہیں کتنے معصوم دلوں میں تفکر کا بیج پڑ رہا ہے نئے ایوانوں کی بنا ڈالی جا رہی ہے۔ اگر معمار کا ہاتھ لغزش کھا جائے تو....... ؟ قلم بھی تو رہنمائی کرتا ہے۔ کبھی کبھی بھٹکا بھی دیتا ہے یہ کوئی معمولی ذمہ داری نہیں۔

دوسرے دن شاہد لطیف نے جلسہ کی صدارت کی۔ ظفر صاحب نے اپنا ایک ڈرامہ پڑھا، لیکن مائیکر وفون کا دماغ آج پھر ساتویں آسمان پر تھا

دوسرے ڈرامہ ذرا طویل تھا، تیسرے موصوف نے اُسے مقررہ وقت میں ختم کرنے کی غرض سے بے حد سرپٹ پڑھا۔ میں نے بھی کہانی پڑھی صرف ٹرائیل کے خیال سے کہ کہیں خطبۂ صدارت پڑھتے وقت ٹانگیں لرز کر گھگھی نہ بندھ جائے مگر اس قسم کا کوئی حادثہ پیش نہ آیا۔ نہ ہی گھگھی بندھی نہ ہی ٹانگیں لرزیں۔ کتنے ہی حاجی لنگ شریف ہم نے اپنی پیٹھ پر سوار کر رکھے ہیں۔ انھیں کب پہنچ چکیں گے۔ ابھی کتنے مرحلوں سے ہمیں اور گزرنا ہے۔ میں جو بڑی آزاد اور ترقی پسند بنتی ہوں، ان واہموں کے چنگل میں پھنسی بیٹھی ہوں تو پھر وہ جو پردے کے پیچھے دبکی بیٹھی ہیں، ان سے کیا کہہ سکتی ہوں۔

سندر لال جی کی صدارت میں ترقی پسند مصنفین کی کانفرنس کا اجلاس بڑا شاندار اور رعب داب کا رہا۔ انھیں مائیکروفون کی توضرورت نہ تھی۔ ہال کا کونہ کونہ اُن کی خطیبانہ للکار سے گونج رہا تھا۔ مجھے تو بس اس بات پر رشک آرہا تھا کہ وہ خطبۂ صدارت لکھنے کے بجائے بول رہے تھے۔ موضوع اُردو زبان کی حمایت تھا۔ لیکن وہ تو چوکھی رسید کر رہے تھے۔ کبھی دو ہاتھ سیاست کے، کبھی اقتصادیات کے، کبھی ایک آدھ جھانپڑ مذہب کے بھی رسید کر دیتے تھے۔ پھر ہند و مسلمان دونوں کو بھگو بھگو کر رسید کیں۔ بیچ بیچ میں حسب موقع ایک آدھ اللہ میاں کے بھی چپکانے جاتے تھے۔ پھر جیل خانوں اور ان کے مالکوں کی ٹانگ گھسیٹ ڈالی۔ دو چار سٹخنیاں اکھنڈ ہندی اور اردو کو بھی دے ڈالیں۔ سوائے کھانے پکانے اور سینے پرونے کے نسخوں کے دنیا کے ہر پہلو کو جھنجھوڑ کر رکھ دیا۔ ان کی تقریر سُن کر یہ تو یقین ہو گیا کہ

سندرلال جی مختلف زبانوں میں مختلف باتوں پر ایک ہی وقت میں ایک ہی روانی کے ساتھ تقریر کرنے کی حیرت انگیز مہارت رکھتے ہیں۔ مٹھاس اور کڑواہٹ نمکینی اور ترشی نہایت ہی موزوں اور نپی تلی مقدار میں شامل کرتے جاتے ہیں۔ کہیں تو مریض کو پچھاڑ کر نسخہ میں اتارتے ہیں تو کہیں چپکے سے شکر میں پیسٹ کر کونین کی گولی کھلا دیتے ہیں۔ مگر پورا نسخہ کچھ بھاری پڑ جاتا ہے۔ کہیں کہیں لوگ بالکل کھسے جاتے ہیں کہ نہ جانے کیا بے تکی سی ہانک رہے ہیں مگر جب انھوں نے پیشین گوئی کے طور پر کہا کہ ہندستان میں چین کی طرح انقلاب آئے گا اور ضرور آئے گا اور کوئی طاقت اُسے نہ روک سکے گی' تو کچھ لوگ چوکنے ہو بیٹھے لیکن سارا ہال تالیوں سے گونج اٹھا۔ انھوں نے یہ بھی کہا کہ اردو ہندستان سے مٹائے نہ مٹے گی جیسے انگریزی انگریزوں کی انتھک کوششوں کے باوجود ہندستان کی مادری زبان کو شکست نہ دے سکی۔ اسی طرح اکھنڈ ہندی اردو کو فنا نہ کر سکے گی۔ بلکہ ان دونوں زبانوں کے میل سے ہمیں ایک نئی زبان کو جنم دینا ہوگا اور وہ ہوگی "ہندستانی"۔

ایک اجلاس سے دوسرے اجلاس کا درمیانی وقفہ میں نے عموماً زنانخانے میں گزارا۔ تین سال پہلے میں نے حیدرآباد کی طالبات کے درمیان بھی تھوڑا سا وقت گزارا تھا۔ مجھے یہ دیکھ کر خوشی ہوئی کہ حیدرآباد کی لڑکیوں سے بھوپال کی لڑکیاں ایک قدم آگے بڑھ آئی ہیں۔ مثلاً حیدرآباد کی لڑکیوں نے پوچھا کہ محبت کے بارے میں آپ کی کیا رائے ہے؟ اور میں نے جواب دیا تھا کہ "محبت کے بارے میں قطعی ایکسپرٹ ہونے کا دعویٰ نہیں کرتی

مجھے محبت کا موجودہ طریقہ بھی اگر اس میں دیوداسیت ہو تو قطعی پسند نہیں۔ محبت ایک قسم کی ضرورت ہے، جیسے بھوک اور پیاس۔ اگر وہ صرف جنسی ضرورت ہے تو اُسے بجھانے کے لئے گہرے کنوئیں کھودنا حماقت ہے۔ بہتی گنگا میں بھی ہونٹ تر کئے جا سکتے ہیں۔ رہا دوستی اور ہم خیالی کی بنا پر محبت کا دارو مدار تو اس ملک کی آب و ہوا اس کے لئے سازگار نہیں۔

بھوپال کی لڑکیوں نے مجھ سے زیادہ تر سوال پاکستان کے مستقبل کے بارے میں کئے۔ ہندستان کے مسلمانوں کے متعلق کوئی حل معلوم کرنا چاہا۔ دو چار نے اشتراکیت کے متعلق بھی چھوٹے چھوٹے سوال کئے۔ ایسا معلوم ہوتا تھا کہ اُن کی زندگیوں میں رومان تو ہے مگر کچھ پھیکا سیٹھا۔ وہ اب بے باکی سے رومان لڑانے کے بجائے کچھ اور بھی کرنا چاہتی ہیں۔ وہ کیا، یہ انھیں نہیں سوجھتا۔

اب جگر تھام کے بیٹھو مری باری آئی۔ خدا کی پناہ۔ یہ بھیڑ ہے یا میری آنکھوں کو ایک ایک کے چار نظر آ رہے ہیں۔ جدھر دیکھو انسانوں کے چہرے۔ آج زنانہ شامیانے کو گھسیٹ کر بہت دور کونے میں رکھ دیا گیا تھا۔ مائیکروفون ٹھپ پڑا تھا۔ مگر جاں نثار اختر منہ میں ٹھونسے دیتے تھے۔ چونکہ وہ اس کا کرایہ دے چکے تھے لہٰذا بقول کسے خان اپنا مال کھا ہی نہیں رہا تھا بلکہ دوسروں کو بھی کھلا رہا تھا۔ ایسا معلوم ہوتا تھا کہ مائیکروفون گلا دبوچ لیتا ہے ایک بار آواز کو نگل لیتا ہے اور پھر بڑھا کر اگلنے کے بجائے ڈکار جاتا ہے۔ ہال میں برابر کانا پھوسی ہو رہی تھی۔ پردے کے پیچھے سے بیویاں کھسر پھسر کر رہی تھیں۔ خدا خدا کر کے پرچہ ختم ہوا۔

دوسرے اجلاس میں ڈرامہ تھا خاک پلے نہیں پڑا۔ کسی کو اپنا پارٹ یاد نہ تھا۔ پرومپٹر کی آواز سب پر غالب تھی۔ ستم ظریفی دیکھیے۔ وہ لڑکے صاحب جو لڑکی کا پارٹ کر رہے تھے شیو کرنا بھول گئے تھے۔ چوٹی کسی احمق نے اتنی ڈھیلی لٹکائی تھی کہ معلوم ہوتا تھا کہ اب ٹپکی اور جب ٹپکی۔ لڑکیاں تو بیچاری اسی ہول میں مری جا رہی تھیں کہ ڈراپ سین ہونے سے پہلے چوٹی ضرور ٹپک جائے گی۔ لیکن جب ڈرامہ بخیر و خوبی چوٹی سمیت انجام پا گیا تو سب نے اطمینان کا سانس لیا۔ اتنی دیر جانو سولی پہ لٹکے رہے۔

دوسرا لڑکا جس نے لڑکی بننے کی سعی بلیغ فرمائی تھی سینے پر اتنا گودڑ ٹھونس لایا تھا کہ لڑکیاں شرم اور غصے کے مارے بھنائی جا رہی تھیں۔ دو ایک نے آکر مجھ سے شکایت کی۔

”دیکھیے تو کیسا عورت کا ہیولیٰ بنا کر مذاق اُڑایا جا رہا ہے۔“

میں پہلے ہی جلی بیٹھی تھی۔ جی چاہا مُنہ نوچ لوں کمبختوں کا میں نے کہا ”یہی سزا ہے تم لوگوں کی۔ تم پردے میں بیٹھو اور جی بھر کر بیٹھو اور تمھارے بھوت بنا کر لوگ ایک دوسرے کو ڈرانے کے کام میں لائیں۔ جانتی ہو تمھاری اس پردہ داری نے کتنے دماغوں کو توڑ مروڑ کر الٹ دیا ہے۔ اور تمھیں تو مظلوم بننے کی عادت پڑ چکی ہے۔ مجھے اس قسم کی لڑکیوں سے کوئی ہمدردی نہیں جو خود اپنی مدد آپ کرنا نہ جانتی ہوں۔“ میں نے عذر گناہ کے جواب میں کہا۔

لڑکیوں کے مُنہ اُتر گئے اور مجھے یاد آگیا صفیہ سچ کہتی ہے۔ میرے خمیر میں تیزابیت بہت زیادہ ہے جو صرف دُکھ پہنچا سکتی ہے۔ جو نرم و

نازک سطح کو کھرونچ ڈالتی ہے۔ میں نے ارادہ کر لیا آج تو ضرور صفیہ کے قول کو جھٹلا دوں گی اور میں نے اپنے لہجہ میں تھوڑا سا شہد ملانا شروع کیا۔

"آپ ہی سوچئے آپ کے لئے مرد کیا کیا کریں۔ ہاتھ نہیں بٹا سکتیں تو کم سے کم اپنا بار ہی ان کے شانوں سے اٹھا لیجئے۔ مگر اس لکچر بازی میں میرا دل قطعی نہ لگا۔ ایک بات دیکھی میں نے اُن پردہ نشین لڑکیوں کی آنکھوں میں۔ ان میں لاچاری اور بے کسی کے ساتھ ساتھ اب ایک ہلکی سی رمق جھلاہٹ اور غصّے کی بھی کبھی کبھی جھلکنے لگتی ہے۔ میں نے سوچا یہ زیادہ دن یہاں نہ رُک سکیں گی۔ کچھ تو ان میں ایسی ہیں جو منتظر ہیں کہ کوئی روشن خیال اللہ کا بندہ انھیں بیاہ کرلے جائے اور چوتھی بری کے جوڑوں کے ساتھ ساتھ منہ دکھائی میں انھیں آزادی بھی نذر کر دے۔ پھر یہ اس آزادی کو لے کر مزے سے سنیماؤں پارٹیوں میں گھوم سکیں گی۔ یہ مجھے باہر گھومتے پھرتے دیکھ کر رشک کر رہی ہیں۔ کچھ لڑکیوں کی آنکھوں میں تو میں نے حد سے زیادہ بے صبری دیکھی۔ وہ اپنی موجودہ فضا سے اتنی گھبرا گئی ہیں کہ اسے ہر قیمت پر چھوڑنے کو تیار ہیں اور وہ اس پہلے شخص کے ساتھ نکل بھاگیں گی جو انھیں یہ سب کچھ دینے کا وعدہ کرے۔

"بتائیے نا ــــــ ہم کیا کریں" انھوں نے مجھے خاموش دیکھ کر کہا

"میں اگر آپ سے کہوں آپ پردہ چھوڑ دیجئے، تعلیم حاصل کیجئے، نوکریاں کیجئے۔ تعلیم بالغان میں دلچسپی لیجئے وغیرہ وغیرہ تو مجھے معلوم ہے کہ اس میں کچھ نہیں دھرا ہے۔ آپ پردے کی قید میں گرفتار ہیں۔ آپ کی بہنیں

جاہل ہیں۔ آپ کے ملک کے بچے بھوکے ہیں ننگے ہیں۔ نوجوان بے روزگار ہیں بیمار ہیں۔ یہ پردہ یہ جہالت یہ بھوک اور افلاس یہ سب ایک ہی پیڑ کے پھول پتے ہیں۔ یہ ایک ہی زنجیر کی کڑیاں ہیں۔ آپ اگر ان پھول پتوں کو ایک بار نوچ بھی ڈالیں تو ان میں پھر نئے پتے پھوٹ آئیں گے جن میں اس سے زیادہ گھناؤنے پھل پھول کھلیں گے۔ اس لئے ہمیں جڑوں کے خلاف جنگ کرنی چاہیئے۔"

"ہمیں ان جڑوں کو اکھاڑنے کے لئے کیا کرنا چاہیئے"، انھوں نے سوال کیا اور پھر میں سٹ پٹائی۔ یہ لڑکیاں میرا امتحان لے رہی ہیں اور مجھے تھرڈ نمبروں سے بھی پاس ہونے کے رونے پڑے ہیں اور ان کے اس چھوٹے سے سوال کا جواب بھی نہ دے سکی اور میرا سر ندامت سے جھک گیا۔ ہمارے پاس کوئی بھی ایسا پروگرام نہیں جسے ہم اپنے نوجوانوں کے سامنے پیش کر سکیں کوئی راستہ ایسا نہیں جس کی طرف اشارہ کر کے کہہ دیں "ادھر سیدھے چلے جاؤ"۔

"آپ لٹریچر پڑھیئے"۔ میں نے چاہا اس وقت انھیں آسان سا نسخہ پکڑا دوں جیسے یہ استعمال کریں۔ دوسری کوئی پیٹنٹ دوا تیار ہو ہی جائے گی حالانکہ مجھے اچھی طرح معلوم تھا کہ یہ لڑکیاں بھلا کیا پڑھ سکیں گی۔ یہ عمر یہ فضا یہ ماحول۔ یہاں تو بس قصے کہانی اور ناولوں ہی کی کھپت ہو سکتی ہے اور پھر میرے خمیر کی تیزابیت نے زور مارا۔ کل ہی تو کسی لڑکی نے مجھ سے کہا تھا یہاں زیادہ تر لڑکیاں رؤسا اور کھاتے پیتے لوگوں کی ہیں۔ لاحول ولاقوۃ میں نے استری سدھار کا پرچار کیوں شروع کر دیا۔ سدھار میرا مقصد ہی نہیں

اس کھنڈر کی مرمت میں جان کھپانا حماقت ہے۔ اسے تو ڈھا کر نئے ایوان بنانے ہوں گے۔ بہت دن مرہم پٹی کر لی اب نشتر کی ضرورت ہے جو تیز بھی ہو اور پھرتیلا بھی، مگر میرے پاس لڑکیوں کی بات کا کچھ تو جواب ہونا چاہیے میں نے سوچا۔ اس وقت باہر بھاگنا چاہیے۔ باہر مردانے میں بڑے بڑے سورما بیٹھے ہیں شاید ان لڑکیوں کو جیت کرنے کا کوئی داؤں بتا دیں کرشن چندر سے پوچھوں گی وہ ضرور بتا دیں گے۔ جب باہر آئی تو کرشن چندر طلباء کے نرغے میں گھرے فرما رہے تھے۔

"بات در اصل یہ ہے کہ ہمارے سامنے کوئی تعمیری پروگرام نہیں ہے یہ تو ہم جانتے ہیں کہ ہمیں کیا کرنا ہے لیکن وہی مثل ہے کہ بلی کے گلے میں گھنٹی کون باندھے اور کیسے باندھے۔"

میں نے کہا "تو بھئی مسیحا خود گرفتار بلا ہیں۔"

تیسرے دن مہندر ناتھ نے صدارت کی۔ ان کا خطبۂ صدارت زنانخانے میں بڑے ہی انہماک سے سنا گیا۔ کیونکہ وہاں زیادہ تر نوجوان لڑکیاں تھیں۔ جو کچھ مہندر نے کہا اس سے بہت قریب تھیں اور کرشن چندر اور شاہد لطیف کے خطبۂ صدارت سے زیادہ سمجھ رہی تھیں۔

جوں جوں شام ہوتی گئی مجمع بڑھتا گیا۔ آج عورتوں کو گھسیٹ کر بالکل اسٹیج کے قریب کر دیا گیا تھا۔ آج وہاں سے خوب صاف سنائی دے رہا تھا۔ بھوپال کے لوگ مشاعرے کے بہت زیادہ شوقین معلوم ہوتے ہیں خاص طور پر خواتین تو آج بہت آئی تھیں۔ پونے بارہ بجے مشاعرہ غزلوں کا

نظموں کے بل بوتے پر گھسٹتا رہا۔ ترقی پسند شعرا کی صف میں ایک تو مجروح تھے جو بطور تبرک کے وقتِ آخر کے لئے رکھ چھوڑے گئے تھے۔ جوش صاحب جو کہ بارہ بجے کی گاڑی سے لکھنؤ سے آرہے تھے آ ہی نہ چکے تھے۔ ایک تو مشاعرہ ویسے ہی کچھ سویا ہوا تھا۔ دوسرے میرے اور صفیہ کے بچے جاگ رہے تھے۔ سوائے حضرت تاباں کی نظم "دیوالی" کے اور کسی چیز کا لطف نہ اٹھا سکے۔ بھیڑ اور غل میں بچے بوکھلا بوکھلا کر ہم دونوں کا ناطقہ بند کئے دیتے تھے کہ اتنے میں شور ہوا "ہٹو بچو۔ جوش ملیح آبادی زندہ باد.... ..... شاعرِ انقلاب زندہ باد........ اور ہم نے دیکھا کہ شاعرِ انقلاب صفوں کو چیر کر اسٹیج کی طرف لائے جا رہے ہیں۔

جب جوش صاحب مسند پر براجمان ہو گئے تو صفیہ اختر نے اٹھ کر ایک چھوٹا سا سپاسنامہ پردہ نشین طالبات کی طرف سے جوش صاحب کی خدمت میں پیش کیا اور ایک گوٹے کا ہار اپنے لرزتے ہوئے ہاتھوں سے ان کے گلے میں آویزاں کیا۔ ہال تالیوں اور نعروں سے گونج اٹھا اور ہمارے بچے دہل کر رونے لگے۔

اب کچھ اکھاڑہ جمتا نظر آیا۔ مجاز اور ساحر جن کی جوش صاحب کے ساتھ آنے کی اُمید تھی۔ معلوم ہوا کہ وہ نہ آ سکے۔ ساحر کو تو بخار آرہا تھا اور مجاز ...... ان کے بارے میں تو کچھ کہنے کی ضرورت نہیں۔ ان کی غیر حاضری کا تو اب ہمیں عادی ہو جانا چاہئیے۔ خیر! کچھ مجروح نے سنبھالا اور جوش صاحب تک مشاعرے کو پہنچا دیا۔ ایک تو لمبے سفر کی تکان، دوسرے کچھ ڈھلتی رات

جوشؔ صاحب کچھ چڑے ہوئے سے نظر آ رہے تھے۔ نہ جانے کیا گڑبڑ ہوئی اور مشاعرہ ایک دم ختم ہو گیا۔

جب سے مصرع طرح کا فیشن اُٹھ گیا ہے شعرا نے مشاعروں میں نئی چیزیں پڑھنے کا فیشن بھی اٹھا دیا۔ سب وہی اپنی پرانی چیزیں اٹھا کر سنا دیتے ہیں۔ اس پورے مشاعرے میں سوائے تاباںؔ کی "دیوالی" کے میں نے تو ہر چیز پہلے ہی سے سُن رکھی تھی، لہٰذا کچھ مزہ نہ آیا۔ یہ دیکھئے پھر تیزابیت نے زور مارا۔

جاں نثار نے دوسرے کمرے میں جوشؔ صاحب کو ٹھہرا دیا۔ اُن کے ساتھ کوئی اور صاحب بھی تھے۔ صفیہ نے اپنے اور جاں نثار کے پلنگ اُٹھا کر ان دونوں کے لئے دوسرے کمرے میں لگوا دیے اور خود بچوں کو لے کر فرش پر سونے کا انتظام کر لیا۔ اس کا بس چلتا تو اپنے شوہر کے گردویدہ جوشؔ صاحب کے لئے اپنی کھال بھی اُتار کر بچھا دیتی۔ آج وہ بے انتہا خوش تھی، اس کے گھر میں ہندستان کا سب سے بڑا شاعر جلوہ افروز تھا۔ اس جوش و خروش کے سلسلے میں کھانا پکوانا بھی بھول گئی۔ اب اس پر لرزہ چڑھا کہ اگر جوشؔ صاحب کھانا مانگ بیٹھے تو کیا ہوگا؟ میں نے اس کو صلاح دی کہ صفیہ! جوشؔ صاحب بڑے بھولے آدمی ہیں۔ اگر ان سے کوئی زور دے کر کہے کہ وہ کھانا کھا چکے ہیں تو وہ فوراً مان جائیں گے، لیکن جوشؔ صاحب واقعی ریل میں کھانا کھا کر آئے تھے۔

صبح سویرے ہم لوگ سو ہی رہے تھے کہ پاس کے کمرے سے جوشؔ صاحب

کے رباعیاں پڑھنے کی آواز آئی۔ صفیہ نے ہمیں جھنجوڑ کر جگایا اور منہ پر چھپکا مار کے ہم اُن کی خدمت میں پہنچ گئے۔ جوش صاحب نہائے دھوئے صاف ستھرے کپڑوں میں شعر مجسم معلوم ہو رہے تھے۔

یہ شاعر بھی عجیب معلوم ہوتے ہیں۔ خاص طور پر یہ نئے شاعر۔ مجروح قطعی شاعر نہیں لگتا، فرسٹ ایر کا طالب علم معلوم ہوتا ہے۔ جعفری کا ناک نقشہ ان عربی و فارسی کے الفاظ سے کتنا دور نظر آتا ہے جو اس کی شاعری کی خصوصیات ہیں۔ کیفی کو دیکھ کر شبہ ہوتا ہے کہ اسے ابھی گھڑے میں سے نکال کر کھڑا کر دیا گیا ہے اور کوئی دم میں اُونگھ کر گر جائے گا لیکن جب وہ اپنے اشعار پڑھتا ہے تو ایسا معلوم ہوتا ہے کہ اس کا وجود ایک دبے ہوئے اسپرنگ کی طرح اُچھل کر اوپر آ رہا ہے۔ مجاز کو دیکھ کر یہ شبہ بھی نہیں کہ یہ خون کی آندھیاں چلا سکتا ہے۔ لیکن جوش صاحب زندگی میں بھی ویسے ہی چاق و چوبند اور گرجدار نظر آتے ہیں جیسے اپنی شاعری میں۔ اور اس وقت کچھ موڈ میں بھی تھے۔ گزشتہ شب کے مشاعرے سے کبیدہ خاطر نظر آ رہے تھے۔

دوپہر کا کھانا ہم سب نے اختر سعید کے ہاں کھایا۔ وہاں سے احسن علی ہم لوگوں کو اختر جمال کے ہاں لے گئے۔ اختر جمال بھوپال کی ان خوش نصیب لڑکیوں میں سے ہیں جن کے والدین روشن خیال ہیں اور انھوں نے اپنی اولاد کو آزادی دے رکھی ہے۔ میں یہ اندازہ نہ لگا سکی کہ ان لڑکیوں نے اس آزادی کو استعمال کرنے کا کیا پروگرام بنایا ہے۔ وہاں سے ہم لوگ کنی کلب گئے جہاں مجلسِ استقبالیہ کی طرف سے ہم لوگوں کو ایٹ ہوم دیا گیا تھا۔

رات کو قریب کے کمرے سے جوش صاحب کی صدارت میں منعقد ہونے والے گھریلو مشاعرے نے ہم لوگوں کو بھی کھینچ بلایا۔ جوش صاحب بڑے موڈ میں تھے اور ڈانٹ ڈانٹ کر سب سے واہ واہ لے رہے تھے۔ میں نے پہلی دفعہ جوش صاحب کو ان کے اپنے اصلی رنگ روپ میں دیکھا۔ گزشتہ شب کے مشاعرے کی کڑواہٹ اب تک ان کے منہ میں تھی اور یونین کی طرف سے جو مشاعرہ ہونے والا تھا، اس میں قطعی شریک ہونے کو تیار نہ تھے، لیکن لوگ کہیں چھوڑنے والے تھے۔

دوسرے دن میں نے سوچا تھوڑی دیر کو حمیدہ سلام الدین کے ہاں ہو آؤں ورنہ وہ ناراض ہو جائے گی۔ میں وہاں جا کر بیٹھی ہی تھی کہ اختر سعید صاحب کا ٹیلیفون آیا کہ "سب لوگ سانچی جا رہے ہیں۔" میں نے کہا بھلا جا رہے ہیں سانچی جا رہے ہیں تو پھر لوٹیں گے کس وقت؟ کہنے لگے وقت کی کوئی پروا نہیں۔ سانچی جا رہے ہیں اور لوٹ ہی آئیں گے کبھی نہ کبھی۔ میں نے دل میں سوچا۔ بھوپال آئے اور سانچی کے اسٹوپس نہ دیکھے تو کچھ بھی نہ کیا۔ ویسے ہی ساری دکانیں بند ہیں۔ بٹوے بھی ملنا مشکل ہیں۔

لیکن گھر آ کر معلوم ہوا کہ جوش صاحب لحاف اوڑھے قیلولہ فرمانے پر مصر لیٹے ہیں اور کسی طرح چلنے پر راضی نہیں ہوتے، صفیہ اور جان نثار جانو بیٹی بیاہ کر تھکے بیٹھے ہیں، لہٰذا تھکے ماندے پڑے ہیں۔ شاہد کو بھی نیند آ رہی ہے لیکن کرشن چندر مہندر ناتھ، عادل رشید اور رادھو کمار لاری میں ڈٹے ہوئے ہیں اور کہتے ہیں ہم سانچی جا کر رہیں گے۔ اختر سعید احسن علی بھی ان کے

ہم نوا ہیں۔ جوش صاحب کے پاس دفد کے بعد وفد بھیجا جا رہا ہے مگر وہ ٹس سے مس نہیں ہوتے۔ کرشن نے کہا ہم جوش صاحب کے بغیر جائیں گے اور لاری اسٹارٹ کرنے کا حکم دیا۔ اتنے میں عسکری صاحب اوپر سے چلائے "ٹھہر و ٹھہر و جوش صاحب اُٹھ رہے ہیں۔"

پندرہ منٹ گزر گئے۔

ہم لوگ پھر سمجھے کہ ہم جا رہے ہیں۔

اوپر سے آواز آئی "جوش صاحب واقعی اُٹھ بیٹھے۔"

پندرہ منٹ اور گزر گئے۔

اب صبر کے پیمانے چھلک گئے مگر پھر کسی نے اطلاع دی "جوش صاحب زینے میں ہیں۔

پھر دس منٹ کا غوطہ!

اور جوش صاحب زینے میں۔

مگر اس سے قبل کہ پیمانے الٹ جاتے جوش صاحب مع تام جھام کے واقعی زینے میں آ گئے۔ مع جاں نثار اختر، صفیہ، عسکری اور شاہد کے دونوں سیٹوں کے بیچ میں ایک گدا ڈال کر ایک گاؤ تکیہ لگا دیا گیا اور شاعر انقلاب براجمان ہو گئے۔

ہم کسی معمولی لاری میں نہیں جا رہے تھے بلکہ ہسپتال سے ایک ایمبولنس مستعار لی گئی تھی۔ کم بخت اس قدر غل مچاتی کھڑکھڑاتی چلتی تھی کہ مُردے بھی جاگ پڑتے ہوں گے۔ تین چار میل گئے ہوں گے کہ اس نے

ہچکیاں لینا شروع کردیں. معلوم ہوتا تھا کہ مریضوں کی صحبت میں رہ کر کمبخت خود بھی ادھ مری ہوگئی تھی۔

"گھچ گھچ ........ گھیچ" مریضہ بولی

"یہ گاڑی نہیں چلے گی صاحب" ڈرائیور نے نہایت ہی کھرّے پن سے کہا۔

"ہیں ؟ چلے گی کیسے نہیں" اختر سعید نے ڈانٹا۔

ڈرائیور نے کوئی نہایت ہی مشینی قسم کا نام لے کر بتایا کہ وہ آلہ نہیں ہے اور پیٹرول میں کچرا آرہا ہے، گاڑی رک گئی ہے۔

ڈرائیور کچھ اٹر بٹر کرنے لگا. سب نے اتر اتر کر اپنی کمر سیدھی کی۔ ایک ہی جھٹکے میں کمبخت جوڑ جوڑ ہل گئے تھے۔ صفیہ نے کہا "آج احسن علی کو کیا ہوگیا"۔ اور ہم دونوں نے دیکھا کہ وہ کچھ عجیب رومانٹک انداز میں کھڑے ایک پیڑ کی بلندی ناپ رہے تھے۔ اتنے میں گاڑی ٹھیک ہوگئی اور چل پڑی۔ کوئی آدھ میل گئے ہوں گے کہ پھر وہی گھٹی گھٹی ہچکیاں۔ مگر اختر سعید اندر سے غراتے اور گاڑی چلتی رہی۔ ادھر میں نے ڈرائیور کی صورت دیکھ کر کہا "صفیہ ڈرائیور کو کیا ہورہا ہے۔ اس کے چہرے کے پیچ کیوں کستے جا رہے ہیں۔؟"

ملٹری کا آدمی معلوم ہوتا ہے۔ بڑا غصہ آرہا ہے اسے"

ڈرائیور نے شاید ہماری کھسر پھسر سن لی۔ گاڑی پھر رک گئی۔ پھر کچرا۔ ــــ اور مجھے ــــ نیاز حیدر یاد آگئے"۔ ہٹاؤ کچرا۔"

اختر سعید بھنا کر اٹھتے ڈرائیور کو گھوڑا اور گاڑی کی میکینزم سمجھنے کی دھمکی دینے لگے۔ صفیہ نے مجھے کہنی کا ٹھوکا دے کر کہا "وہ دیکھو" اور میں نے دیکھا کہ احسن علی پھر پیڑوں کی بلندیاں ناپ رہے تھے۔

"معلوم ہوتا ہے اس شخص کو کسی سے عشق ہوگیا ہے۔" صفیہ نے نبض بازوں کی طرح کہا۔

احسن کی آواز میں للکار ہے۔ الفاظ جی دار ہوتے ہیں۔ خیالات بے چین اور پھڑکتے ہوئے ہوتے ہیں۔ جب احسن بولتا ہے تو نہ جانے کیوں علی سردار جعفری یاد آجاتا ہے۔

صفیہ اور میں سوچنے لگے کہ کیا بات ہے کہ عشق کرتے وقت سب مرد یکساں ہوجاتے ہیں۔ اس وقت انھیں اپنے مسلک اور اس کے طور طریقے بالکل یاد نہیں ہوتے۔ ایک شاعر، ایک ادیب ایک کمیونسٹ بھی جب عشق کرتا ہے تو آسمان ہی کی طرف تکتا ہے لیکن مزدور اور کسان جب عشق کرتا ہے تو تارے گنتا اور پھول سونگھ کر آہیں بھرتا ہے۔

"ارے کیوں بے چارے کے سر طوفان جوڑ رہی ہو۔ اس کے یہاں تو غم جاناں کبھی کا غم دوراں بن چکا ہے۔" صفیہ نے کہا۔

گاڑی پھر چل پڑی اور اب کے بڑی دھوم دھام سے چلی۔ شاید مریضوں کو دار فانی سے کوچ کرنے کی عادی ہوچکی تھی۔ کیونکہ جب طوفانی رفتار سے ہم سب کو جھکولتی، کھڑکھڑاتی اور غل مچاتی جا رہی تھی۔ اس سے تو یہی اندازہ ہوتا تھا کہ ہم لوگوں کا آخر وقت آگیا ہے۔ بیچارے جوش صاحب گاؤ تکیہ دبوچے

اپنے جسم کو تولے بیٹھے تھے۔ اور سب کبھی اپنا سر ایک دوسرے کے سر سے پھوٹ جانے کے ڈر سے بے چین سے نظر آرہے تھے۔

"جوش صاحب بڑے خوبصورت ہیں" میں نے چپکے سے صفیہ کے کان میں کہا۔

"ششش۔ چپ۔ کیا غضب کرتی ہو، جوش صاحب سُن لیں تو؟"

"میری بلا سے سن لیں............ کیوں جی جوش صاحب اور ان کی برادری کے لوگ تو عورت کے حُسن کی تعریف میں زمین اور آسمان کے قلابے ملا دیں اور ہماری جبین پر شکن بھی نہ پڑے ہاں اور اگر میرے منہ سے جوش صاحب کے حسن سے مغلوب ہو کر ڈھول نکل جائیں تو وہ بُرا ماننے کی دھمکی دیں۔"

"اُف فوہ!............ کیا مصیبت ہے۔ تم سے بات کرو تو جھاڑ کا کانٹا اپنی جان کو لگا لو........ بھئی یہ کچھ قابلِ تعریف بات نہیں سمجھی جاتی کہ عورتیں مرد کے حُسن پر لٹو ہوتی پھریں۔"

"تو پھر تمھاری رائے میں عورتوں کو ہاتھی گھوڑے کے حُسن پر لٹو ہونا چاہیے؟ مجھے قطعی تمھاری بات سے اتفاق نہیں۔ عورت کو مرد کے حسن کی تعریف کرنے کا پورا پورا حق ہے اور اب تو مجھ سے کرشن چندر نے بھی کہا ہے کہ ایک افسانہ یا مقالہ مردوں کے حُسن پر لکھوں اور دیکھ لینا میں اسے پہلی فرصت میں لکھوں گی..... میں اس میں مرد کی ناک کے بالوں کا لطیف ذکر چھیڑوں گی اس کی مونچھ کی نوک کو خنجر آبدار سے بھی زیادہ ہلاکت آفریں ثابت کروں گی

اور اس کی ڈاڑھی کو سانولی سلونی شاموں میں اُمنڈنے والی گھٹاؤں سے تشبیہہ دوں گی جس کی پہنائیوں میں عورت کا دل جنگلی کبوتر کی طرح پھنس کر پھڑپھڑاتا ہے اور جیسے ہزاروں اشعار عورتوں کی چولی اور اس کے بند اور تکمے کی شان میں کہے ہیں، اسی طرح میں مرد کے لنگوٹ اور ....... "

" ہائے ہائے ........ کم بخت ....... مرجاؤ ........ موت آئے تمہیں" صفیہ نے زور سے میرا منہ مسل دیا اور سر سے پیر تک لرز اٹھی۔

" جب ہی تو لوگ تمہیں فحاش کا الزام دیتے ہیں ...... "

ایمبلنس نے پھر ہچکیاں لیں اور ہم مردوں کے حسن کے نقطے سے پھسل کر منہ کے بل گرتے گرتے بچے۔

" صاحب موٹر اگر گئی تو واپس نہ لوٹ سکے گی۔ ویسے آپ کہتے ہیں تو چلنے کو تیار ہوں " ڈرائیور نے مودب بننے کی کوشش کی۔ اگر وہ ذرا صاف گو ہوتا تو کہتا " احمقو! بھلا شام کے چھ بجے سانچی کے توپ دیکھنے جا رہے ہو ستر میل کا سفر نہ ساتھ کھانا نہ پانی۔ میں تمہارا بھی خواہ ہوں اس لئے کہتا ہوں کہ کیوں خواہ مخواہ وہاں جھک مارنے جا رہے ہو "

"کیوں! کیا پھر موٹر بگڑ گئی؟" اختر سعید غرائے۔

" بھئی واپس چلو" کرشن نے کہا " ڈرائیور کا دل نہیں کہتا جانے کو۔"

" مجال ہے اس اُلو کے پٹھے کی " اختر سعید جھلائے۔

ڈرائیور نے چہرے کے پینچ اور بھی کس لئے۔ ایسا معلوم ہوتا تھا
"تمھاری مرضی پھر مجھ سے شکایت نہ کرنا میں قطعی ایسے پاگل وقت سانچی جانے کو تیار نہیں۔"

"ایسا ہے تو پھر واپس چلو بھئی" جاں نثار نے ڈرائیور کی معنی خیز خاموشی سے سہم کر کہا۔

"اب کے نہیں بگڑے گی" ڈرائیور نے شرارت سے مسکرا کر اطمینان دلایا۔

"ارے احسن علی کہاں گئے" کسی نے یاد دلایا۔ بڑی مشکل سے موٹر کی اور واپس لوٹائی گئی۔ احسن صاحب ایک جیلی کی ٹہنی لئے سڑک پر کھڑے آسمان کو تک رہے تھے۔ سب بیچارے کو ڈانٹنے لگے، مگر وہ خاموش رہے سانچی جانے کا سارا موڈ ختم ہو گیا۔ سب کی یہی رائے ہوئی کہ بخیر و عافیت جلد از جلد گھر پہنچنا چاہیئے۔ تیس چالیس میل کا چکر لگا کر لوٹ آئے۔ یہ ہوئی سانچی کی سیر۔

کانفرنس ختم ہونے کے بعد آج پہلے دن ذرا صفیہ سے گپ شپ کا موقع ملا پر نہ جانے بازو کے کمرے میں لوگ کیا سرگوشیاں کر رہے تھے کہ ہمارا جی نہ لگا۔ عجیب پر اسرار قسم کی آوازیں آ رہی تھیں۔ کھُسر پھُسر اور پھر ایک طویل قہقہہ میں نے اور صفیہ نے فیصلہ کیا کہ گیلری میں چپکے سے جا کر سنا جائے۔ اب ڈر یہ تھا کہ ہمارے بدتمیز بچے وہاں ساتھ جا کر ہمارے وجود کا اعلان کر دیں گے اور ہم پر ان قہقہوں کا بھید نہ کھل سکے گا۔ بڑی مشکل سے

اُن کم بختوں کو بہلا پھسلا کر نوکر کے سپرد کیا اور خود گیلری میں دب کر بیٹھ گئے گیلری میں پہنچ کر جو کچھ سُنا تو ہم پر چودہ طبق روشن ہو گئے۔ ترقی پسند مصنفین کی کانفرنس کے چند رکن سر جوڑے بالکل اس ہی موضوع پر اشعار سُنا رہے تھے جس پر ہمارے گھر کی پکی عمر کی بہو بیٹیاں چھپٹو جان سے لطیفہ سنا کرتی تھیں۔

یہ چھپٹو جان دلّی کی طوائف تھی۔ ہماری ممانی جان کی بڑی منہ چڑھی تھی اس اللہ کی بندی کو ایسے ایسے پرائیوٹ لطیفے یاد تھے عورت اور مرد کے پوشیدہ تعلقات پر مختلف من گھڑت قصے۔ جنسی زندگیوں کے متعلق سنسنی خیز لطیفے۔ اونچے گھرانے کی بھلی بے جان وہ جو لڑکیوں کے سر سے اگر دوپٹہ ڈھلک جائے تو سات سو طوفان جوڑنے لگیں۔ انھیں سُن سُن کر کلکاریاں مارتیں اور لوٹ پوٹ ہو جاتیں۔ نجانے کیوں ان باتوں کو سُن کر مجھے پنجاب کے ننگے جلوس یاد آ گئے، وہ سڑکوں پر زنا اور عورت کی بھیانک تخریب کی تصویر آنکھوں میں پھر گئی جیسے دونوں ایک ہی جذبے کے لئے تخلیق کئے گئے ہیں۔ پھر صفیہ نے مجھے بتایا کہ قریب قریب تمام چوٹی کے شعرا کا اس قسم کا کلام پرائیوٹ اور بے تکلف موقعوں پر لطف اندوز ہونے کا بہترین نسخہ ہے۔ میرا خیال تھا کہ یہ مشغلہ گھر میں بیٹھنے والی ناکارہ عورتوں ہی تک محدود ہے۔ مرد تو سیاست اقتصادیات اور معاشیات پر بحث و مباحثہ کرتے ہوں گے۔ لوگ منٹو پر فحاشی کا الزام لگاتے ہیں۔ اگر کہیں وہ یہ سب کچھ لکھ دے تو اسے توپ دم کر دیا جائے۔ اور اگر میں وہ سب کچھ لکھ دوں جو معزز بیویاں چٹخارے لے لے کر سنتی اور سناتی ہیں، تو نہ جانے

لوگ میرا کیا حال کریں۔ مگر یہ سب باتیں خلوت میں ہوتی ہیں تو انھیں ادب کی ایک پر لطف شاخ سمجھا جاتا ہے لیکن اگر کوئی ان کا بھانڈا پھوڑنے کے لئے منظر عام پر لے آئے تو لوگ پارسا بیویاں بن کر ناک سکیڑنے لگتے ہیں مجھے یہ بھی معلوم ہوا کہ اس قسم کے اشعار کا ایک بہت ضخیم خزانہ موجود ہے جو بالکل شاہی نسخوں کی طرح سینہ بہ سینہ چلا آتا ہے۔ بے چارے جرکین کا حشر دیکھنے کے بعد لوگوں نے فیصلہ کر لیا کہ اگر شایع کیا گیا تو لوگ اُسے چوراہے پر ڈال کر جوتیوں سے پیٹ کر ختم کروا دیں گے۔ لہذا بہتر ہے کہ اُسے ذہنیت کی پرورش کے لئے دماغوں تک ہی محدود رکھا جائے۔

سوال یہ ہے کہ یہ فن کیوں ظہور میں آیا۔ یہ تو میں کسی حالت میں بھی ماننے کو تیار نہیں کہ غم و غصہ، نفرت اور محبت کی طرح یہ جنسی درندگی بھی انسانی جبلت ہے۔ یقیناً یہ شاہی نظام کے تحفے ہیں۔ امرا اور روسا جب جسمانی عیاشی سے جس کی آخر کو ایک حد مقرر ہے اور تمام طلائیں اور گولیاں عاجز آجاتی تھیں تو وہ ذہنی بدکاری ہی پر اکتفا کرتے تھے۔ بڑے درباروں میں اس قسم کے سامان ننگی تصویروں، کوک شاستروں، اشعار اور لطیفوں کی صورت میں فراہم کئے جاتے تھے جو اکتائی ہوئی زندگی میں تھوڑی سی جان پڑ جاتی تھی۔

پرانے کپڑوں اور چھوڑی ہوئی ہڈیوں کے ساتھ ساتھ یہ نعمت مصاحبین کے گھر تک آئی اور وہاں سے ان کے مصاحبوں میں رینگ گئی اور اب ان کے تھوکے ہوئے نوالے ہمارا نچلا طبقہ چباتا چلا آرہا ہے۔ لیکن اب وہ

لوگ جو انقلاب کے علمبردار بنتے ہیں۔ اس ذہنیت سے کس طرح سمجھوتہ کرتے ہیں؟ یہ بات میری سمجھ میں نہیں آئی اور میرا دل بے طرح اداس ہو گیا۔ آخر چھوڑو ان باتوں کو جب سب کچھ بدل جائے گا تو ذہنیتیں خود بخود بدل جائیں گی۔ جڑ بدلنے کے بجائے پتوں کی کاٹ چھانٹ میں وقت گزارنا حماقت ہے۔ اس طبقے کے کیڑے مارنا فضول ہے۔ جڑ بدل گئی تو پھر نئی ٹہنیوں میں نئے پتے اور نئے پھول کھلیں گے۔

بمبئی آکر معلوم ہوا کہ علی سردار جعفری رہا ہو گئے۔ معلوم ہوتا ہے محکمۂ بالا سے کچھ گھپلا ہو گیا تھا یا شاید بھول چوک ہو گی۔
بھوپال کے ترقی پسند مصنفین کو میرا پیغام ہے کہ آپکے کہنے کے مطابق ہم نے میدان رجعت پسندوں کے قبضہ میں نہ جانے دیا۔ بات یہ تھی کہ وہاں کوئی سامنے آیا ہی نہیں۔ لہذا میدان جیت آئے ہیں۔

# کدھر جائیں؟

سچ کہا ہے کسی نے کہ دنیا فانی ہے۔ پُرانی قدریں مٹتی ہیں اور نئی جنم لیتی ہیں۔ ادبی دنیا کی گائے بھی معلوم ہوتا ہے سینگ بدل رہی ہے، پرانے قلعے گر رہے ہیں اور نئے تعمیر ہو رہے ہیں۔ بھونچال آ رہے ہیں۔ سر بفلک عمارتیں زمین بوس ہوئی جا رہی ہیں، کچھ ڈگمگا رہی ہیں، کچھ سہارے ڈھونڈھ رہی ہیں، کچھ ملبے کی صورت اختیار کر چکی ہیں۔ ایک تاریکی ہے، اُتھل پُتھل ہے جس میں کچھ اندھوں کی طرح ہاتھ پیر مار رہے ہیں۔ کچھ ساحل کے کنارے سے لگے طوفان کے جھکّے سہہ رہے ہیں، یہ دیکھنا ہے کہ ان کے ہاتھ تھک کر ساحل کو چھوڑ دیتے ہیں یا ان کا عزم انھیں اس بھنور سے نکال کر پار لے جاتا ہے اس طرف جہاں منزل ہے۔

ایسی حالت میں صرف وہی ادیب کچھ کر سکتے ہیں جو اس طوفان سے تیر کر نکل چکے ہیں۔ اِس وقت اکثر ادیبوں کی حالت ایک ایسی کشتی کی سی ہے جیسے دو مختلف پتوار دو مختلف سمتوں کی طرف گھسیٹ رہے ہوں۔ خدا جانے کہ اس چھینا جھپٹی میں بے چاری کشتی کا پیندا نکل جاتا ہے یا نیّا پار لگتی ہے۔

اس کشمکش کا نتیجہ تھا جو ساغر نظامی صاحب سے جھڑپ ہوگئی۔ پھر احمد عباس صاحب کا مقدمہ ٹھن گیا اور آج جوری کے فیصلے کا انتظار کئے بغیر عبادت بریلوی سے الجھ پڑنے کو جی چاہتا ہے۔ کیا مصیبت ہے۔ کچھ لکھنے لکھانے کے بجائے اکھاڑے ہی میں عمر بیت جائے گی۔ مگر کوئی راہِ فرار بھی تو نہیں۔ کچھ عرصہ پہلے تنقیدوں کی صورت دیکھ کر ہی رونگٹے کھڑے ہونے لگتے تھے۔ بڑی بوجھل اور ثقیل معلوم ہوتی تھیں اور پھر ان میں دو چار بول اپنی تعریف میں دیکھ کر ناک سکوڑنے کی عادت سی پڑ گئی تھی۔ لیکن کچھ دن سے تنقیدیں بڑی کڑوی بنتی جا رہی ہیں اور سوائے اس کے کوئی چارہ نظر نہیں آتا کہ کونین کی ان گولیوں کو زبردستی نگلا جائے یا ملیریا کو ٹائیفائڈ یا دق میں تبدیل ہونے کی دعوت دے کر اللہ کو پیارے ہو جائیں۔ مرنے کو بھی جی نہیں چاہتا۔

لہٰذا اب بڑی پابندی سے تنقیدیں پڑھی جاتی ہیں، کسی تفریح طبع کے لئے نہیں، دماغی طاعون سے بچنے کے لئے۔ تنقید نگاروں کو شاید احساس نہیں کہ ہماری لگا میں انھیں کے ہاتھ میں ہیں اور کتنے ہی اڑیل ہوں آہستہ آہستہ قابو میں آہی جاتے ہیں، یہ اور بات ہے کہ کچھ ہنٹر بازی کے قائل ہوتے ہیں اور باتوں سے نہیں مانتے۔ بہت کم ایسے ہیں جو آزاد بچھیروں کی طرح "قلانچیں" بھرجاتے ہیں۔

لیکن عبادت صاحب کا تازہ مضمون نقوش میں پڑھ کر میری سمجھ میں نہ آیا کہ اب کیا فیصلہ کروں۔ جی میں آتا ہے قلانچ بھر جاؤں۔ پھر سوچتی ہوں ایک بار اور پوچھ لوں کہ میں کیا سمجھوں، سب سے پہلے تو وہ براہِ کرم اپنے اِس

پیراگراف کے معنی سمجھائیں:-

" انجمن ترقی پسند مصنفین میں شامل ہونے کے لیے کبھی بھی کمیونسٹ ہونے کی ضرورت نہیں تھی۔ آج بھی نہیں ہے آئندہ بھی نہیں ہوگی۔ اس میں ہر سیاسی خیال کے لوگ شریک ہو سکتے ہیں، البتہ اس میں شریک ہونے کے لئے چند بنیادی باتوں پر اُن کا متفق ہونا ضروری ہے۔ مثلاً یہ کہ وہ انسانیت کی قدروں کو آگے بڑھانے میں مدد کریں گے۔ جبر و استبداد کی مخالفت ان کا فرض ہوگا۔ سرمایہ دارانہ نظام نے سماجی زندگی میں جو افراتفری مچا رکھی ہے۔ جو ہنگامہ برپا کر رکھا ہے اس کو فنا کرنا ان کے نزدیک ازبس ضروری ہے۔ آزادیِ تحریر و تقریر ان کے نزدیک انسان کا بنیادی حق ہے اگر ایسا نہ ہو تو انھیں اس کے لئے جد و جہد کرنی چاہیئے۔ اگر حکومت اپنے آپ کو برقرار رکھنے کے لئے ادب اور تہذیب، کلچر اور سماج کی جماعتی پرسوناگ دلیتی ہے تو ان کا فرض ہے کہ وہ ایسی حکومت کی مخالفت کریں۔ دنیا میں جو سرمایہ دارانہ قوتیں اپنے جال پھیلا کر عوامی اور انسان دوست طاقتوں کو اسیر کرنا چاہتی ہیں، ان کے خلاف آواز اٹھانی ترقی پسند ادیبوں کے نزدیک لازمی ہے، وہ اپنے ملک میں سرمایہ داری اور جاگیرداری کے مظاہرے نہیں چاہتے۔ وہ صحیح

معنوں میں عوام کی حکومت کے خواہاں ہیں۔ عوام کی زندگی کو بلند کرنا ان کے پیش نظر ہے' ان کے لئے یہ ضروری ہے کہ وہ کاٹ پیچ کی باتوں کو پوری طرح سمجھ سکیں حالات کا صحیح جائزہ لے سکیں اور عوام کے نقطۂ نظر کی ترجمانی اُن کے حق کا حصہ بن سکے۔ اگر ان بنیادی باتوں سے کوئی ادیب اتفاق رکھتا ہے تو وہ ترقی پسند ہے' وہ انجمن ترقی پسند مصنفین کا ممبر ہو سکتا ہے۔ اس کے لئے سیاسی جماعت سے وابستہ ہونے کی ضرورت نہیں۔ فروعی باتوں میں اختلافات کے باوجود مختلف ادیب انجمن ترقی پسند مصنفین میں شامل ہو سکتے ہیں' لیکن ان بنیادی باتوں پر ان سب کا متفق ہونا ضروری ہے جن کا بیان اوپر کیا جا چکا ہے۔"

معاف کیجئے گا جناب کلمہ تو پڑھاتے ہیں یوں کہتے ہیں مسلمان نہ ہو سب کچھ تو وہی کہا ہے جو کمیونسٹ کہتے ہیں مگر پھر کہہ دیا کہ کمیونسٹ ہونا ضروری نہیں۔ اس "مگر" کی تک بندیوں سے تو ہم عاجز آ چکے ہیں۔ یہ کمبخت لفظ تنقید نگاروں کو ایسا بھا گیا ہے کہ لگے ہاتھوں اس کا پھندا مار ہی جاتے ہیں قبلہ یہ تو بتلائیے کہ سمندر میں کود پڑنے کے بعد وہ کون سی برساتی پوشاک پہنی جائے جو خشک رہ جائے۔

خود ہی تو کہتے ہیں کہ

"میں اشتراکیت کو موجودہ سیاسی کشمکش کا واحد حل سمجھتا ہوں"

نگران کو اشتراکیت کے بعض اصولوں سے اختلاف بھی ہے۔ کیا یہ ضروری نہیں کہ ایک دفعہ جی کڑا کر کے ان اختلافات کو واضح کر کے لوگوں کے سامنے پیش کر دیا جائے۔ ویسے تو برٹرینڈ رسل اور ایلی بھی اشتراکیت کے امریکی روپ کے قائل ہیں۔ ہمارے پنڈت جی کو بھی بس تھوڑے ہی اختلافات ہیں۔ ساغر نظامی اور احمد عباس صاحبان بھی اس مسئلے کے بیچ بیچ یہ ہی فرماتے ہیں مگر اختلاف کے ساتھ۔ تو پھر وہ کیا بات ہے جسے لیکر آپ لوگ چھپا بیٹھے ہیں اور ہم بیچاروں کو نہیں بتاتے، آخر وہ کون سے اختلافات ہیں ہمیں بھی مطلع کیجئے تاکہ اگر کہیں غلطی سے ان سے واقف نہ ہوئے ہوں تو آب ہو جائیں۔ ادیبوں کی جان پر بڑا احسان ہو گا ان "اگر" "مگر" گول مول جملوں سے ہمارے دلوں میں بڑی الجھنیں پیدا ہوتی ہیں۔

عبادت صاحب سے میری استدعا ہے کہ برلے کرم برا نہ مانئے گا جیسے ہم نے آپ کی تنقیدوں کو سر آنکھوں پر لیا ہے۔ آپ بھی ہماری بات ٹھنڈے دل سے سننے کے لئے تیار ہو جائیے۔ کہیں یہ نہ سوچنے لگئے گا کہ یہ تنقید آپ پر کمیونسٹوں پر اعتراض کرنے کی وجہ سے کی جا رہی ہے۔ لوگ آجکل بڑی جلدی بگڑ کھڑے ہوتے ہیں۔ کیا عبادت صاحب بتا سکتے ہیں کہ انھیں اور بہت سے دوسرے ادیبوں کو بانگ دہل یہ یقین دلانے کی ضرورت کیوں پڑ رہی ہے کہ ترقی پسند مصنفین سب کے سب کمیونسٹ نہیں۔ اور وہ خود بھی کمیونسٹ نہیں۔ کمیونسٹ ہونا ضروری نہیں۔ آخر کیوں؟ میں کہتی ہوں کہ نہ ہونا بھی تو ضروری نہیں۔ آپ لوگ اس بات پر کیوں زور نہیں دیتے کہ اگر کوئی ترقی پسند

مصنف کمیونسٹ ہے تو کوئی ہرج نہیں۔ میرے دل میں شبہہ ہوتا ہے، اور خدارا اسے دور کیجیے، میں سوچتی ہوں کہ وہ کسی سے ڈر کر ایسا کہہ رہے ہیں اور کمیونسٹوں کے خلاف ایک بات کی بھی تشریح نہیں کرتے۔ ایک اختلاف کو بھی واضح نہیں کرتے۔ آخر کیوں ایسا معلوم ہوتا ہے۔ کچھ لوگ انجمن سے بھاگنے کی دھمکیاں دے رہے ہیں۔ آپ انھیں دلاسا دے رہے ہیں۔ وہ بدک رہے ہیں۔ آپ انھیں چمکار رہے ہیں، وہ ڈر رہے ہیں۔ آپ انھیں ثبوت دے رہے ہیں کہ "ڈرو نہیں کوئی ہوا تمھیں نہیں کھا جائے گا"۔ آخر کمیونسٹوں کو یہ یقین دلانے کی ضرورت کیوں نہیں محسوس ہوتی کہ انجمن میں رجعت پسند نہیں اور جو ہیں وہ تمھیں کاٹیں گے نہیں۔

عبادت صاحب یہ بھی کہتے ہیں کہ کچھ بڑے بڑے مختلف زبانوں کے ادیب ترقی پسند مصنفین کی انجمن سے بدکتے ہیں۔ اگر ان کا ڈر نہ نکالا گیا تو وہ ہمیشہ جھجکتے رہیں گے۔ میرے خیال میں تو ان باتوں سے لوگوں کے دلوں میں بیٹھا ہوا خدشہ کبھی نہ نکلے گا کیونکہ ان کا خیال ہے کہ انجمن میں زیادہ با اثر کمیونسٹ ہیں یا وہ جو صحیح معنی میں اشتراکیت پر ایمان رکھتے ہیں، گرچہ اختلافات کا فاصلہ ہے اب یہ فاصلہ جانے کب دور ہو جائے اور انجمن کھلے بندوں اشتراکیوں کی ہو جائے۔ اشتراکی ہونا آجکل جرم ہے ان کی طرح سوچنا بھی جرم ہو چکا ہے۔ اختلافات کی آڑ زیادہ دن نہ چل سکے گی، وہ "گنتی انسان دوستی" کی ٹٹی یہ بھی کتنے دنوں کی۔ جب تک بند ڈھکا ہے کام چلتا ہے۔ جس دن کسی نے "انسان دوستی" کی تشریح کا سوال اٹھا دیا پول کھل جائے گا، پھر کیا کریں گے؟

اب ایسے خیالات میں اُلجھے ہوئے لوگوں کو کب تک رسّی سے باندھ کر انجمن میں رکھا جائے گا۔ ایسی حالت میں جبکہ ترقی پسندوں کا پروگرام اشتراکیوں سے دن بہ دن اتنا قریب آتا جا رہا ہے، یہ کہہ دینے سے کام نہ چلے گا کہ "ہم ترقی پسند ہیں" "انسان دوست ہیں" "عوام کے ساتھی ہیں" "سرمایہ داری کے دشمن ہیں" "انقلاب کے علمبردار ہیں" اشتراکیت کو سیاسی مشکلات کا واحد حل سمجھتے ہیں"...... "مگر "ہم تو "خالص ادیب" ہیں" اور کچھ" نہیں۔

بھلا حکومت اور اس کی مشینری ان چکموں میں آنے والی رقم ہے وہ خوب سمجھتے ہیں کہ عوام کے دوست انسانیت کے حامی چاہے کچھ بھی ہوں انکے دشمن ہیں تو پھر کیا فائدہ لگی لپٹی کہنے سے، اور لگی لپٹی رہے گی بھی کتنے دن؟ تار تار تو ہوئی جا رہی ہے، اس قسم کے تنقیدی نعرے لکھنے والوں کو کتنا گڑبڑاتے ہیں۔ سمجھ میں نہیں آتا کہ کیا کہا جا رہا ہے اور کیوں کہا جا رہا ہے۔

عبادت صاحب کا یہ کہنا بھی میری سمجھ میں نہیں آتا کہ ترقی پسند انجمن میں ہر سیاسی پارٹی کے لوگ رہ سکتے ہیں۔ مطلب یہ کہ خواہ وہ لیگی ہوں یا مہاسبھائی، نیشنل گارڈ ہوں یا آر۔ ایس۔ ایس والے اور فاشسٹ سب کیلئے انجمن کی آغوش کھلی ہوئی ہے۔ مگر یہ ہو کیسے سکتا: ایک شخص بیمار بھی ہو اور تندرست بھی۔ جھوٹا بھی ہو اور سچا بھی۔ الٹا بھی ہو اور سیدھا بھی ہو۔ آپ لاکھ بلائیں "ہر سیاسی پارٹی" کا فردجس کا پروگرام جدا ہے۔ وہ انجمن میں آنے ہی کیوں لگا۔ اگر انجمن میں لیگی اور کانگریسی سرکار کے گن نہ گائے جائیں تو اس

پارٹی کے لوگ کیوں جھک مارنے آئیں گے۔ فاشزم کے قصیدے نہ پڑھے جائیں تو اس انجمن سے کیا دلچسپی؟ آپ بےکار انھیں یقین دلا رہے ہیں کہ انجمن میں کمیونسٹ نہیں، وہ کمیونسٹوں سے نہیں ان قدروں سے ڈرتے ہیں جو انجمن کا سرمایہ ہیں۔ آج وہ کمیونسٹ کا بہانہ کر کے انجمن سے بھاگ رہے ہیں، کل وہ صاف صاف کہدیں گے کہ "بھئی یہاں تو فاشستوں کے گن نہیں گائے جاتے۔ کانگریس اور لیگی سرکار کے شکریے نہیں ادا کیے جاتے، ٹاٹا اور برلا کے مرثیے اور سہرے نہیں گائے جاتے ہم یہاں نہ آسکیں گے" پھر جناب انھیں کونسا بھلا دا دیں گے۔ کیا پھر ان قدروں اور اصولوں کو بھی ترک کرنے کا مشورہ دیں گے جن سے انھیں اختلاف ہے، اور جو انجمن کا ورثہ ہیں؟

رہ گیا نئی انجمن قائم کرنے کا سوال، تو اس کے قائم کرنے کے لئے ہم کو بہت نیچے گرنا پڑے گا۔ وہ تو قائم ہو کر رہے گی، کیونکہ اسے سرکاری مدد ملے گی اسکا انجام بھلے وہ ہو جس کی آپ نے پیشین گوئی کی ہے۔ اب ہمارے تنقید نگار ذہن کو سچائی کے اظہار سے صاف کرنے کے بجائے اور دھندلا رہے ہیں۔ ادھر ہمیں بوکھلائے دے رہے ہیں اس "غیر جانب داری" سے اب کام نہ چلے گا۔ یہ سمجھوتے اب نہ ہو سکیں گے مجھے تو کچھ خدشہ ہوتا جا رہا ہے کہ کہیں خدانہ کرے عبادت صاحب بھی آہستہ آہستہ "انسان پارٹی" میں نہ کھسک جائیں۔

آگے چل کر عبادت صاحب کہتے ہیں "ایک ترقی پسند ادیب کی اشتراکیت ایک اشتراکی کارکن کی اشتراکیت سے مختلف ہے۔ یہ ادبی اشتراکیت کس چڑیا کا نام ہے۔ میں نے آج سے پہلے نہیں سنا تھا۔ براہِ کرم تشریح کیجیے۔ میں نے

تو آج تک کسی کتاب میں اس قسم کی اشتراکیت کے بارے میں نہ ہی پڑھا ہے نہ ہی کسی سے سُنا۔ اشتراکیت تو وہ ہی ہے جس پر اشتراکی عمل کرتے ہیں۔
براہ کرم عبادت صاحب یہ بھی بتائیں کہ سیاست گندی چیز کیوں ہے؟ بُرا نہ مانئے اگر مجھے صاف گوئی کا مرض ہے۔ کسی زمانے میں ہمارے سفید آقا طالبعلموں سے یہی کہا کرتے تھے کہ "سیاست سے دور رہنا چاہیئے" مگر اس وقت ہمارے کانگریسی رہنما کہا کرتے تھے "سیاست تمھاری زندگی ہے اور زندگی سے تو دور نہیں بھاگ سکتے"۔ قدرت کے کھیل دیکھیئے آج وہی رہنما کہتے ہیں "سیاست سے دور رہو" یہ تمھارے مطلب کی چیز نہیں"۔ آج عبادت صاحب بھی انھیں کے ہمنوا نظر آتے ہیں۔ جب ہم میں سے کوئی اپنا ساتھی اٹھ کر ایک سیاہ قلب سیاہ کار گروہ کا قول دہرا دیتا ہے تو خون کھول جاتا ہے اور بڑی گھن آتی ہے۔ پرانے مُلا بھی تو کہتے تھے:

"قرآن شریف عوام کے سمجھنے کے لئے نہیں ہے"
اور پنڈت بھی دعوی کرتے تھے:
"وید کے ٹھیکیدار صرف براہمن ہیں"

کس مزے سے عوام کو غچہ دے کر ان کتابوں کو مطلب پرستی اور کاروبار کے لئے استعمال کیا گیا، آج ہمارے رہنما اور حکام اور ان کے ہمنوا بھی یہ ہی چاہتے ہیں کہ ہم سیاست کو گندہ سمجھ کر روح اور جسم کے تانے بانے میں پھنس جائیں۔ عبادت صاحب یا تو اس بات کا مفصل جواب دیں ورنہ مجھے ان کو بھی اس ہی صف میں بٹھا دینا پڑے گا۔ کم سے کم وہ اس بات کا اعتراف کریں اور بتائیں کہ وہ

کون سی طاقت ہے جو اُن سے یہ سب کچھ کہلوا رہی ہے۔ علی عباس حسینی اور جواد زیدی کو تو وہ اعلانیہ ہمارے دشمن بتاتے ہیں اس کا شکریہ! ہم چوکنے ہو چکے ہیں مگر وہ خود تو ہمارے درمیان ہیں۔ کیا اب ہمیں ان کے الفاظ بھی ناپ تول کر پرکھنے ہوں گے۔ علی عباس حسینی اور جواد زیدی سے دو ہی قدم پیچھے تو وہ خود نظر آ رہے ہیں۔

عبادت صاحب کیا ہمیں احمق سمجھتے ہیں؟ کیا ہم سیاست کے معنی بھی نہیں سمجھتے۔ سیاست میں غرق ہونے کے لئے یہ لازمی تو نہیں کہ نعرے لگائے جائیں، جھنڈے اٹھائے جائیں اور ٹریڈ یونین کا ممبر بنا جائے۔ قلم میں طاقت ہے تو بغیر سڑک پر جائے اسٹرائک کروا سکتے ہیں۔ ریلوں کے تو کیا حکومت کے پہیہ کو جام کر سکتے ہیں۔ لیکن فرق ہی کیا ہوا۔ ریل کا پہیہ چاہے تحریر سے جام ہوا یا ہاتھ کے کسی رگ و پٹھوں سے۔ بات تو وہی ہوئی۔ اس میں اتنے داؤں پیچ دکھانے کی کیا ضرورت ہے۔ بہرحال ناک تو پکڑنا ہی ہے مگر بغیر ہاتھ کی مدد کے ہم صرف تحریر سے کیا کر سکتے ہیں۔ ہمارے قوی ارادے عمل کرنے والے ہاتھ کے محتاج رہیں گے ہی، لیکن ان کی تحریر سے تو یہ معلوم ہوتا ہے کہ اسٹرائک کرنے والوں اور پہیہ جام کرنے والوں اور ٹریڈ یونین کے ممبروں کا مذاق اُڑا رہے ہیں۔ یہاں بمبئی میں اور دوسرے مقامات پر انجمنوں میں بہت سے ادیب ٹریڈ یونین کے ممبر بھی ہیں۔ ریلوے میں کام کرتے ہیں۔ اسٹرائک بھی کرتے ہیں۔ کیا عبادت صاحب کی رائے میں وہ ادیب جو خارجی حالات سے اثر لے کر اپنی تخلیقات پیش کرتے ہیں اکچھ ان سے بالاتر ہیں۔ نہیں میرا یقین ہے

کہ وہ جو عملی کام انجام دے رہے ہیں وہ انقلاب کا ہراول دستہ ہیں۔ ہم خارجی قسم کے ادیب تو ان کے پیچھے پیچھے جملہ سازوسامانِ حرب کی مانند ہیں، ہم تو صرف انکے نو گرافر اور ایک حد تک راستہ صاف کرنے والوں میں سے ہیں۔ ہم ان سے بہت پیچھے اور بہت نیچے ہیں اور ہمارا مقام کسی بھی کلی ڈھونڈنے اور لفاظی سے ان سے بلند نہ ہو سکے گا۔ صرف کھوکھلی خودستائی کے علاوہ اس میں اور کچھ نہیں۔

مگر عبادت صاحب توجیہ کرتے ہیں۔ عمل کو نیچے گرنے کے معنی دیتے ہیں اور تحریری تخلیقوں کا تام جھام اٹھا کر چلتے ہیں جو بغیر کسی قسم کا عملی حصہ لئے الگ تھلگ ایک قبہ میں بیٹھ کر ظہور میں لائی جاتی ہیں جو کچھ میں نے رام بلاس شرما سے سمجھا تھا وہ سب کچھ گڈمڈ ہو کر رہ گیا۔ اب مجھے غصہ نہ آئے تو کیا ہو۔ عبادت صاحب ادیب کو ایک عام فرد سمجھتے ہوئے ہتک محسوس کرتے ہیں اسے تجوبہ بنا کر "بلندی پر چرخ نیلی فام پر ستاروں سے بھی آگے آسمانوں سے بھی اونچا" لٹکائے دیر ہے ہیں۔ بخدا یہ آسمانوں سے اوپر خالی فضا کے تصور سے ہی دم گھٹنے لگتا ہے۔ ویسے بھی بیچارے ادیب کو یوں الٹا ٹنگنے سے کیا فائدہ۔ پھر وہ زندگی کا مطالعہ کیسے بجا لائے گا۔ "انسان دوستی" اور "عوام کی بہتری کے جملہ فرائض اتنی دور سے کیسے بجا لائے گا۔ کہیں موصوف بیچارے کو چھوٹا موٹا پیغمبر تو نہیں سمجھ رہے ہیں۔ جو وحی کے ذریعے اس پر چودہ طبق روشن ہو جایا کریں گے۔ براہ کرم، یہ احمقانہ وہم ادیبوں کے دل میں نہ ٹھونسیئے۔ بڑی مشکل سے تو وہ خود کو انسان سمجھنے پہ تیار ہو پائے ہیں، آپ انہیں پھر معلق کئے دے رہے ہیں۔ میرا مطالعہ اور تجربہ تو کہتا ہے کہ ادیب بالکل ہو بہو انسان ہوتا ہے۔ اسکے بیوی بچے، میاں۔ ساس سسر، نند بھاوج

دوست دشمن سو فیصدی ٹھوس...... ہوتے ہیں، اسے باقاعدہ اپنی روٹی کی فکر کرنی پڑتی ہے اور یہ فکر اسے بار بار اس ہی میدان کی طرف گھسیٹ لیجاتی ہے جس کا نام سیاست ہے جو بقول آپ کے گندی ہے، جسے وہ دھو پونچھ کر صاف کرنا چاہتا ہے۔ وہ کتنا ہی چاہے تو بھی اس سے دور بھاگ کر زندہ نہیں رہ سکتا تو پھر ادب کی تخلیق کیسے کر سکے گا۔ "دال کا دانہ" لینے کے لئے اسے خواہ وہ کتنے ہی اونچے آسمان پر ہو کو نیچے آنا ہی پڑتا ہے۔ خدا بھلا کرے بیکاری اور کنگالی کے کمانڈ کا۔ وہ بقول آپ کے اور بھی "نیچے" پھسلتا آ رہا ہے۔

میں ایک ادیب کو جانتی ہوں جسے اپنی تصانیف کے مواد کی خاطر مچھیروں میں جانا پڑتا ہے۔ اس کا کشمیر کے مرغزاروں میں طرارے بھرنے کا عادی دماغ سوکھی مچھلی کی بدبو سے مانوس ہو چکا ہے۔ وہ گندی چالوں، سڑتے محلوں میں جاتا ہے، کبھی ٹرام یا مچھلی والیوں سے بھری ہوئی بسیں میں کبھی پیدل زمین ناپتا ہوا اس کا گھر قطعی نشیب میں ہے۔ جہاں وہ میلے کروں میں ننگے بچے گود میں لئے ادب کی تخلیق کیا کرتا ہے۔ وہ بہت بلند پایہ ادیب ہے۔ اس میدان میں چوٹی پر کھڑا ہوا ہے۔ کوئی کتنی ہی کوشش کرے وہ اپنی پست جگہ چھوڑنے پر راضی نہ ہوگا۔ بات یہ ہے کہ عبادت صاحب کو پتہ نہیں کہ دنیا الٹی ہو گی، اب آسمان نیچے اور زمین اوپر ہے۔

ویسے موصوف کی رائے کیا ہے؟ کیا ہم لوگ ناک پر رومال رکھ کر خارجی زندگی جا کر دیکھ آئیں اور تخیل کے بل بوتے پر ادب پیدا کرنا شروع کر دیں۔ انکو تجربہ نہیں۔ لاشعور اور نفسیات کے بارے میں تو اس طرح مطالعہ کر کے لکھا جا سکتا

ہے۔ خارجی مطالعہ کر کے جو ادب بھی سڑک کوٹنے والی۔ چرواہی اور مزدوری کے بارے میں پیدا ہوا ہے اس سے ہم عبرت حاصل کر سکتے ہیں۔ موصوف اسے پیدا ہونا کہہ لیں میں تو اسے اسقاط ہی سمجھوں گی اور وہ بھی پھوڑ یا کا اس ادب میں شروع سے لیکر آخر تک پڑھنے کے بعد مجھے تو ایسا معلوم ہوتا ہے کہ محنت کش طبقہ کی تضحیک کی گئی ہے۔ اس سے وہی کام لیا گیا ہے جو ویشیا سے لیا جاتا رہا ہے۔ مزدوری کے بھیس میں بھی وہی اندر سبھا کی پری جھلکتی نظر آتی ہے۔ کبھی کبھی محتاط ہو کر اسے چیتھڑوں اور غلاظت میں لپیٹنے کی کوشش کی گئی ہے مگر وہاں بھی چولی انگیا کے آگے کچھ نہیں بولا۔

کیا عبادت صاحب یہ نہیں مانتے کہ اگر ہم عوامی ادب پیدا کرنا چاہتے ہیں تو ہمیں عوام سے قریب ہونا پڑے گا اگر نہیں تو براہ کرم تشریح کریں کیونکہ ہم تو اس ہی غلط فہمی "میں مبتلا ہیں لیکن اگر عوام کے قریب جانے کی اجازت دیتے ہیں تو یہ بھی بتائیں کہ مندرجہ ذیل موقع پر حکمائے ادب کونسا نسخہ استعمال کرنے کی ہدایت دیتے ہیں۔ ہم عوام کا مطالعہ کرنے جاتے ہیں اور وہاں کوئی اسٹرائک چل رہا ہے یا کوئی جلسہ ہو رہا ہے۔ اب ہم تو وہاں مزے سے مطالعہ کر رہے ہیں کہ لاٹھی اور گولی آن دھمکی اس وقت کیا سر پر پیر رکھکر بھاگ نکلنا چاہیے؟ چلیے یہ بھی سہی اور جو عین وقت پر گر پڑے اور پکڑے گئے تو کیا کریں گے۔ بھلا کون یہ عذر مانے گا کہ ہم وہاں مطالعہ کی غرض سے آئے تھے۔ ثبوت ہی کیا دینگے؟ اور کیا ہم یہ ثبوت دینا پسند بھی کریں گے؟ کہ ہم عوام میں سے نہیں ہم تو آسمانی مخلوق ہیں جنہیں مصلحت وقت سمجھکر یہ بھی جھیل گئے لیکن اگر احتساب کرنیوالوں

نے کہا کہ "یہاں کیا جھک مار رہے ہو۔ سرکاری حلقوں میں ایک سے ایک عظیم الشان ڈنر چل رہے ہیں وہاں جا کر کیوں نہیں مطالعہ کرتے" پتہ ہے اگر اسکا جواب صاف صاف دے دیا تو کیا حشر ہوگا۔ فوراً آپ کمیونسٹ بن جائیں گے۔

ڈاکٹر علیم نے بھی کانفرنس کے موقع پر بمبئی میں یہ ہی کہا تھا کہ "وہ ادیب جو قلم چھوڑ کر تلوار اٹھاتا ہے ادب سے غداری کرتا ہے" قبلہ عالم یہاں کسے کمبخت تلوار اٹھانے کا شوق ہے، مگر اپنے سر پر گرنے والی تلوار بھی تو دشمن کے ہاتھ سے ہم ہی کو چھین نی ہے۔ اگر ہم پر لاٹھی اور گولی برسے تو کیا ہم چپ چاپ سینہ تانے کھڑے رہیں؟ بتلایئے نا آخر تم کیا کریں؟ مجھے پتہ نہیں کہ ڈاکٹر صاحب نے کیا جواب دیا تھا کیونکہ میں میٹنگ میں دیر سے پہونچی تھی۔ اب عبادت صاحب ہی براہ کرم بتا دیں کوئی تیر بہ ہدف نسخہ جو وقت پڑنے پر تلوار کے خلاف استعمال کیا جا سکے۔

عبادت صاحب کی اس تنقید سے ان لوگوں کے دل پر کیا اثر ہوا ہوگا جو مورچوں پر لڑ رہے ہیں جو حکومت کے ہتھکنڈوں کا پہیہ جام کئے دے رہے ہیں جو ڈالر کے پہاڑ ڈھائے دے رہے ہیں اور فاشزم کے بیخ کنی کر رہے ہیں یا اُن لوگوں سے انکا اور ترقی پسند مصنفین کا کوئی ناتہ نہیں۔ اگر نہیں تو پھر کھلے بندوں اعلان کیجیے۔ اب نعرے بازی کا وقت نہیں اب ہمیں ہر نعرے کی تشریح بھی کرنا ہوگی اپنے ہر قدم اور فعل کا حساب دینا ہوگا، ایک دوسرے سے اگر سوال مانگا جائے تو اسے الزام لگانا ذاتی پرخاش کی بنا پر حملہ کرنا یا پارٹی

بندی کی پالیسی کہہ کر ٹالا نہیں جا سکتا برا ماننے سے بھی کام نہ چلے گا۔ دلائل سے قائل کرنا پڑے گا ورنہ صاف کہہ دیجیے!

"ابھی فضا سازگار نہیں ذرا آہستہ چلو راستے میں روڑے ہیں۔" مگر ساتھ ساتھ یہ بھی کھٹکے گا کہ کس سال کس مہینے کس دن اور کون سی گھڑی فضا سازگار ہو جائے گی۔ یہ روڑے آپ سے آپ راستے سے کھسک جائیں گے کہ انقلاب مزے مزے ٹہلتا ہوا چلا آئے گا اور اس مبارک گھڑی کے انتظار میں اتنے دن ہم آسمانوں سے بلند چرخِ نیلی سے بھی آگے ایتون کا انشا نگل کر تارے گنتے رہیں کہ کچھ اور بھی کریں۔

لیکن اگر عبادت صاحب کی رائے ہے کہ بھئی ذرا گول مول پروگرام رکھو۔ تھوڑی لگی لپٹی کہو کہ ادیب برا نہ مان جائیں تو جناب مجھے ان برا ماننے والوں سے بڑی نفرت ہے۔ میری اماں سمجھایا کرتی تھیں "لڑکیوں کو بڑی بوڑھیوں کے سامنے پٹاپٹ نہ بولنا چاہیئے نہیں تو کوئی نہ تھوپے گا۔ سدا کنواری بیٹھی رہیں گی" تو کنوارے مرجانا منظور! بڑی بوڑھیوں کے نخرے بس کی بات نہیں جو کوئی بھی انجمن میں شریک ہونے کے لئے شرطیں لگاتا ہے اسے ان شرطوں کا محاسبہ دینا ہوگا۔ اگر ان کی شرطیں احمقانہ ہوں گی تو ان کا پورا کرنا انجمن کا کام نہیں۔ آج ایک بہانہ کرتے ہیں کل سو بہانے کریں گے انجمن کب تک ان کے نخرے سہے گی اور کیوں؟ کیا مستقبل سے ہم اتنے ناامید ہو چکے ہیں؟ کیا ادب بانجھ ہو جائے گا؟ اور نئے ادیب پیدا ہی نہ ہوں گے۔ جو ہم موجودہ ادیبوں کی خاطر انجمن کے منشور کو توڑ مروڑ کر نئی نئی پھلجھڑیاں لگائیں۔ ہمارے آج کے فیصلوں

سے ہمارے ادب کا مستقبل وابستہ ہے۔ اسی پر ہماری آئندہ پالیسی کا انحصار ہے۔ اگر ہم نے فراخ دلی سے ان الجھنوں اور غلط فہمیوں کو نہ سلجھایا تو آئندہ ہمیں عجیب عجیب پریشانیوں سے دوچار ہونا پڑے گا۔ ہمارے نظریات جب تک واضح نہ ہوں ہماری تحریریں بھی جب تک گول مول رہیں گی اور اُبھرنے والے نئے ادیب ان غلط فہمیوں کا شکار بن کر ادب کی صورت کو اور بھی مسخ کر دیں گے یہ مسئلہ اتنا سطحی نہیں جتنا عبادت صاحب کے مضمون سے ظاہر ہوتا ہے جس کی روشنی میں انجمن کے نئے منشور کا حلیہ ایسا بگڑ جاتا ہے کہ پہچانا نہیں جاتا۔

یوں تو ہم چاہیں تو ہر کام کو انتہا پسندی " اور قبل از وقت " کا روڑا اٹکا کر روک سکتے ہیں مگر ہمارا مقصد روڑے اٹکانا نہیں۔ راستہ کو صاف کرنا ہے۔ ہمیں یہ دیکھنا ہے کہ آج جسے " انتہا پسندی " کہا جا رہا ہے، کہیں ہمارا پروگرام ہی نہ ہو اس لئے سب سے پہلے ہمیں اپنے پروگرام کا تعین کرنا ہوگا ورنہ ڈر ہے کہ ہم بہک کر کسی اور سمت چل پڑینگے۔ نہ جانے کس طرف!

# کیڈل کورٹ

کچے چمڑے کی مختصر سی گڈی، کچھ زنگ کھائی کیلیں اور نعل، ایک آدھ ہتھوڑی، رانپی، سُوا اور چند بکسوے۔ یہ ہے اس کا سارا اثاثہ۔ اس کے علاوہ چند پھٹے، اُدھڑے جوتے، ایک اُلجھی ہوئی گدڑی اور چار ٹین کے ڈبّے۔ یہ ہے اس کا گھر جس کا ٹھیک ٹھاک کا پتہ ہے۔ کیڈل کورٹ کی موری سے ذرا بائیں طرف کو ایرانی ہوٹل کے سائبان کے نیچے جہاں اوپر سے پھینکے ہوئے کچرے اور پان کی پیکوں سے پوری طرح محفوظ رہا جا سکتا ہے۔ اس کا مکان، گھر، محل، حویلی جو بھی سمجھ لیجئے واقع ہے، یہی اس کا وطن ہے اور وہ یہیں کا باشندہ۔ نہ جانے کب سے رہتا ہے، اور کب تک رہے۔ اندازہ تو یہی کہتا ہے کہ صاحب لوگوں کے جوتوں پر پالش کرتے کرتے اسے اس نفع بخش پیشہ کو اختیار کرنے کا خیال آیا ہوگا اور یہ خیال جب تک آتا رہے گا جب تک کہ ایک دن اسی جگہ مجبوراً اس کی روح اس کے گندے میلے جسم سے دق ہو کر بھاگ نکل کھڑی ہوگی، اور پھر جب وہ حسبِ معمول گوورڈ میں سے جہاں وہ روز سورج کے ساتھ ساتھ چھپ جاتا ہے، نکل کر

پرانے جوتوں کی قطار لگا کر خام چمڑی کی گڈی نہ کھولے گا تو وہ راہ گیروں کی ٹھوکروں سے بھی نہ جاگے گا ورنا کے پر کھڑا ہوا سپاہی اپنا فرض انجام دیتا رہے گا سڑک پر موٹریں دوڑتی رہیں گی۔ ہوٹل میں پیالیاں کھنکتی رہیں گی اور ساری جیتی جاگتی فضا میں وہ سویا پڑا رہے گا۔

پھر جب اس کی نیند کا بھرم کھلے گا تو کیٹل کورٹ کے باسی اور ہوٹل میں آنے جانے والے چہ میگوئیاں شروع کر دیں گے۔ کتے اس کے سرد جسم کو سونگھیں گے اور مکھیاں بھنبھنائیں گی۔ سرکاری لاری آئے گی اور بحیثیت ایک شہری کے اسے اس کا حق سونپ دے گی۔ نہ جانے وہ وقت کب آئے گا۔ فی الحال تو وہ ہوٹل کھلتے ہی جاگ پڑتا ہے۔ اینٹوں کا مضحکہ خیز دریچہ سا بنا کر تیسرا دو لٹین کے خالی ڈبے میں پانی چڑھا دیتا ہے۔ ہوٹل کے پاس رہتے میں اسے کتنے ہی فائدے ہیں۔ علاوہ بزنس کی فراوانی کے عمدہ کھانوں کی لذیذ خوشبو مفت ہاتھ آتی ہے اُبلی ہوئی چائے کی پتیوں کو بوری پر روزانہ حفاظت سے اگر سکھا لیا جائے تو بافراط چائے تیار کی جا سکتی ہے۔ گو یہ پتیاں اُبالنے کے بعد مسلنے پر ذرا سا ہی رنگ چھوڑتی ہیں کیونکہ ہوٹل والا خود ان کا پہلے ہی کئی کئی بار خون نچوڑ لیتا ہے جب پھینکتا ہے۔ گرم گرم میلا پانی پی کر وہ اطمینان سے اپنی دوکان سجانے میں مشغول ہو جاتا ہے۔ شاید فورٹ کی دُکانوں کے بڑے بڑے مالک بھی اتنا وقت سجانے میں نہیں صرف کرتے ہوں گے۔ وہ بڑی احتیاط سے کچے چمڑے کی گڈی کھولتا ہے۔ ایک ایک ٹکڑے کو جانچتا پرتالتا ہے۔ پتہ نہیں وہ اپنی چندھی آنکھوں سے اُن ٹکڑوں پر کیا گھورا کرتا ہے۔ پھر سر ہلا کر انھیں درجہ بدرجہ ترتیب دیتا

جاتا ہے۔ پھر وہ زنگھیائی کیلوں کی ڈبیاں اور شیشیاں نکال کر دواؤں کی طرح سجاتا ہے۔ نعل اور چمکیلی کیلیں بڑے حساب سے بچھاتا ہے۔ پھر پرانے جوتوں کی قطار لگانا شروع کر دیتا ہے۔ اس سجاوٹ میں وہ برابر ردّ و بدل کئے جاتا ہے جتنی کہ کوئی گاہک آکر اسے چونکا نہ دے۔ ایسی صورت پیدا ہوتے ہی وہ نہایت پھرتی سے جوتے کی نبض دیکھ کر نسخہ تجویز کر دیتا ہے۔ پھر مزے لے لیکر ایک ماہر فن جرّاح کی طرح وہ اس کا ایک ایک جوڑ ٹھونک بجا کر دیکھ لیتا ہے جیسے اسے عشق ہو ان جوتوں سے۔ ہاتھ میں لیتے ہی پہلے تو وہ بڑے پیار سے اسے اُلٹتا پلٹتا ہے پھر گاہک کی طرف دیکھتا ہے گویا پوچھتا ہے۔ اب لائے ہو بیچارے کو، اب اس میں جان کہاں، خیر دیکھتا ہوں۔ خدا پر بھروسہ رکھو اور پھر اوزار چل پڑتے ہیں۔ چھٹاپٹ سُوا چمڑے میں ڈبکیاں مارتا ہے، زنگھیائی کیلیں اپنی اپنی جگہ ڈھونڈھ کر گھس جاتی ہیں اور تھوڑی ہی کھٹاکھٹ معاملہ فٹ کر دیتی ہے۔ گاہک چرمر کرتا مسکراتا چل دیتا ہے اور وہ پھر جوتوں کی قطار رنئے سرے سے جاذب نظر انداز میں جمانے لگتا ہے۔

کیپٹل کورٹ کی موری کے دائیں جانب ایک گیرج ہے جس میں کسی زمانے میں موٹر رہا کرتی تھی۔ پر اب وہ موٹر تو سڑک کے کنارے کھڑی رہتی ہے اور اس کی جگہ پندرہ آدمیوں نے چھین لی ہے۔ بیس فٹ مربع جگہ میں پندرہ جی نجانے کس آسن سے اُٹھتے بیٹھتے ہیں۔ یہ کسی نے آج تک نہیں دیکھا۔ کیونکہ گیرج

کا دروازہ اوپر سے ہمیشہ نیچے کھنچا رہتا ہے۔ صرف جھاک کر جانے کا انتظام ہے اگر آپ کو شوق ہو تو کینڈل کورٹ کے سامنے فٹ پاتھ پر اکڑوں بیٹھ جائیے تو آپ کو گیرج کے اندر بہت سے میلے پیر، کھلے گھٹنے اور برہنہ کندھے آپس میں گتھم گتھا نظر آئیں گے۔ یہ اعضا رجسم عورتوں کے بھی ہیں اور مردوں کے بھی۔ ماؤں کے بھی اور بہنوں کے بھی۔ بہوؤں کے بھی اور بیٹیوں کے بھی۔ پتہ نہیں وہاں کیا پکتا ہے اور کیا کھایا جاتا ہے۔ ابلتے ہوئے انسان کی بو ہمیشہ بھبکے دیا کرتی ہے۔

اور وہ موٹر جو کچھ دن پہلے گیرج میں شان سے رہا کرتی تھی اب سڑک کے کنارے منہ لبورا کرتی ہے، روز صبح باپ بھائی یا بیٹا گیرج کے آدھے کھلے پھاٹک میں سے گردن نہوڑا کر نکلتا ہے اور موچی سے ذرا فاصلہ پر اپنے ذریعۂ آمد کو چمکا دمکا کر آئینہ بنا لیتا ہے۔ رات کے چھوٹے ہوئے باسی پھول جھوٹے پتے اور ٹوٹے گلاس موری میں جھاڑ دیتا ہے اور اپنا کاسۂ گدائی چلا کر روانہ ہو جاتا ہے۔

گیرج اور ہوٹل کے بیچ میں ایک پھاٹک ہے۔ یہ کینڈل کورٹ کا پھاٹک ہے جس کے کھمبے پر مالک مکان کا نام اور عمارت کا نام اور سالِ تعمیر کندہ ہے۔ یہ عمارت کینڈل کورٹ ہے۔ کورٹ کے معنی ہیں کچہری، جہاں مقدمہ اور چالان وغیرہ ہوتے ہیں، مگر یہاں ایسی کوئی حماقت نہیں ہوئی۔ ہاں، یہ اور بات ہے کہ نچلے ملے پر رہنے والے فلم اسٹار سے حکومت کو خاص قسم کی پرخاش ہو گئی ہے، اس فلم اسٹار کو آپ نہیں پہچانتے

چونکہ اس نے کبھی کسی فلم میں کام نہیں کیا پھر بھی فلم اسٹار ہے کیونکہ اسے اُمید ہے کہ ایک نہ ایک دن ضرور فلمی دنیا کو اپنی حماقت پر رحم آئے گا اور وہ کسی فلم میں جلوہ افروز ہو کر رہے گا۔

اس کا ذریعۂ آمدنی اُمید واری ہے۔ وہ اسی امید پر جیتا ہے۔ ویسے اسے کسی نے کبھی بغیر گاڑی کے کہیں آتے جاتے نہیں دیکھا۔ وہ ہمیشہ مرغ زریں کی طرح لمکتا ہیٹ کا چھجّہ موڑے ایک سے ایک عمدہ کار سے اترتا چڑھتا دیکھا جاتا ہے۔ کتنی ہی فلمی پریاں اُسے ہیرو بنا چکی ہیں جب فلم کمپنی میں جاتا ہے وہاں کی ہیروئن کو لے اُڑتا ہے۔ وہ تنومند ہے، خوبرو ہے، اس کی پیشانی سے بے رحمی ٹپکتی ہے، پر مُنہ کنواریوں ایسا ہے۔ وہ نیلے پیلے اور سبز جھنگھارتے ہوئے رنگوں کے کپڑے پہنتا ہے اور بالوں میں مصنوعی خم بنواتا ہے اور جب فلمی پریاں اس کے لئے کالے بازار سے وہسکی کی بوتلیں لاتی ہیں تو انھیں خالی کر کے وہ اُن کے سروں پر پھوڑتا ہے اور جب وہ حاملہ ہو جاتی ہیں تو بڑا کارآمد ثابت ہوتا ہے باوجودیکہ وہ اس قدر جلاد قسم کا مرکھنا دیو ہے پھر بھی اس کے گرد ہمیشہ پریاں پھڑپھڑایا کرتی ہیں۔ شام پڑتے ہی اس کے یہاں گرد و نواح کے رنگین مزاج جمع ہو جاتے ہیں۔ آئے دن ناچ و رنگ کے جلسے رہتے ہیں کبھی کبھی وہ بڑے مقدس انداز میں ان پریوں سے شادی رچا لیتا ہے، پھر کچھ دن کے لئے کیڈل کورٹ کی نچلی منزل میں موت سی ہو جاتی ہے۔ سارے قہقہے پیچھے ایک اُجاڑ قسم کی خاموشی میں ڈوب جاتے ہیں۔

پھر اس کے بالوں کے خم ختم ہونے لگتے ہیں۔ سوٹ ماند پڑ جاتے ہیں اور نچلی منزل میں چھوٹے چھوٹے زلزلے آنے لگتے ہیں کیونکہ فوراً ہی کسی فلمی ہیروئن کو شدت

سے ایک ہیرو کی ضرورت محسوس ہوتی ہے' اور وہ دوبارہ بالوں میں خم ڈلوا کر تلاش معاش میں جُت جاتا ہے اور پھر خالی بوتلیں سروں پر پھوٹتی ہیں۔ کیڈل کورٹ کے نواسیوں کی نیندیں اچٹتی ہیں۔ اور ایک دن بند ٹوٹ جاتا ہے۔ اس کی بیوی بچا کھچا مال سمیٹ کر نو دو گیارہ ہو جاتی ہے اور اس کے بعد پھر وہی چرچے شروع ہو جاتے ہیں' اور اسی طرح یہ زندگی کی چرخی چلتی رہے گی' یہاں تک کہ ایک دن وہ سچ مچ ہیرو بن کر پردۂ سیمیں پر جلوہ افروز ہو جائے گا یا اسی امید میں اس کے گھنیرے بال عمر کی اندھیری وادیوں میں منتشر ہو جائیں گے اس کی کھنچی ہوئی بھنوئیں جھک جائیں گی اور چمکیلی آنکھیں گدلا جائیں گی۔ اس کے کستے ہوئے پٹھے جھول کھا جائیں گے جیسے جیسی کمر پھیل کر پھکنا بن جائے گی: اور پھر نہ ہی پر یاں اس کے گرد منڈلائیں گی اور نہ سروں پر خالی وسکی کی بوتلیں پھوڑوائیں گی۔ اور پھر وہ لیٹی کسٹی طوائف کی طرح ........ نہ جانے کیا کرے گا۔ زندگی اسے پھٹی جوتی کی طرح گھسیٹتے گھسیٹتے ایک دم چھوڑ کر چل دے گی۔ اور پھر؟ پھر نہ جانے کیا ہو گا۔ اس کا گھر کوئی دوسرا امیدوار لے لیگا اور امید کی شمع جلا کر دکان سجا دے گا۔

دو زینے طے کرنے کے بعد کیڈل کورٹ کا پہلا مالا ہے۔ یہاں ایک مرمٹی جوڑا رہتا ہے۔ چھوٹا سا خاندان۔ نوجوان میاں اور کمسن بیوی اور ننھا مُنا سا ایک بیٹا اور ایک بوڑھی لڑکا ماں۔ نوجوان کہیں پورٹ میں کلرکی کرتا ہے اور کمسن بیوی کسی لوکل اسکول میں معلمہ ہے۔ دونوں کی مجموعی کمائی ایک سو دس روپیہ کہ نوجوان گریجویٹ ہے اور اس کی بیوی میٹرک پاس۔ اور یہ دونوں ملکر ایک سو دس روپے ماہوار کما لیتے ہیں۔ بیالیس روپیہ مکان کا کرایہ باقی اڑسٹھ روپے

میں کالے بازار سے گیلے کوئلے اور کرکری شکر کے علاوہ چار جانوں کا کھانا پینا سیر تفریح سب کچھ ہو جاتی ہے۔

جب ہندستان آزاد نہ تھا تب بھی یہ خاندان یہیں رہتا تھا۔ جب یہاں ایک باپ بھی رہتا تھا۔ یہ گھر ہمیشہ مشہور لیڈروں کی تصاویر سے آراستہ پیراستہ رہا کرتا۔ اور جب ہندستان آزاد ہو گیا تو سب سے زیادہ روشنی اور جھنڈیاں انھیں کی بالکنی میں لگی تھیں، گھر کے دروازے پر سیڑھیوں پر اور تصویر کے چوکھٹے میں فریم کیا ہوا "جے ہند" نہایت روشن اور منور ہے۔ کمرے کی سب سے بڑی دیوار پر سوبھاس بابو کی سیلیوٹ کرتی تصویر ہے۔ اس کے اوپر کچے سوت کے ہار پڑے ہوئے ہیں۔ لیکن یہ گئے سال کا ذکر ہے۔ اس سال ۱۵ اگست کو ان کی بالکنی میں جھنڈوں کی تعداد سکڑ گئی تھی اور دیئے دو چار ہی گھنٹے ٹمٹما کر رہ گئے اور دیوار پر لکھا ہوا "جے ہند" ماند پڑتا جا رہا ہے۔ ان کا خیال ہے کہ ۱۵ اگست کو جب آزادی آئی تو گورنمنٹ نے کنٹرول نہیں کیا اس لیے ساری آزادی بلیک مارکٹ میں دھر لی گئی جس کا جی چاہے آزادی لے آئے۔ یہ ذرا مشکل سے ملتی ہے کیونکہ وہی بات ہے کہ مانگ زیادہ ہے اور سپلائی کم۔ آزادی کوئی ایسی ویسی چیز تو تھی نہیں کہ دھوپ اور ہوا کی طرح ہر ایک ایرے غیرے نتھو خیرے کو بانٹ دی جاتی، نہایت احتیاط سے سینت کر رکھی گئی ہے۔ وقتِ ضرورت بانٹ دی جائے گی۔

اور اسی بٹوارے کی آس لگائے یہ جوڑا زندگی کا قرض اتارتا چلا جا رہا ہے۔ یوں ہی "جے ہند" اور قومی لیڈروں کے سائے میں سر جھکائے ایک سو دس

روپئے بیں گھر کی آگ سلگتی رہے گی۔ یوں ہی نوجوان یہاں سے فورٹ اور فورٹ سے گھر آواگون میں جُتا رہے گا اور کمسن بیوی، دوپہر کے وقفے میں ننھے کو دودھ پلانے ہانپتی دوڑتی آتی رہے گی۔

پھر ایک دن یہ نوجوان اپنی جگہ منے کو سونپ کر چل دیگا اور وہ ننھا جوان ہوکر اور بھی بڑے بڑے لیڈروں کی تصویروں سے کمرے کو سجانے لگے گا اور سیڑھیوں پر لکھا ہوا "جے ہند" نئے رنگ سے جگمگا اٹھے گا، پھر ایک سو دس روپے آئیں گے اور گیلے کوئلوں اور کرکری شکر کے بھینٹ چڑھ جائیں گے۔

دو زینے اور چڑھیے یعنی زمین سے چار زینوں کی اونچائی پر ایک نہایت اعلیٰ خاندان کی اصلی جیتی جاگتی فلم اسٹار سکونت پذیر ہے۔ وہ میری سہیلی ہے۔ یہ میل جول اس زمانے کی یادگار ہے جب میں نے بمبئی پر پورے طور سے قدم نہ ڈالے تھے اور ہر فلم اسٹار کو جیتا جاگتا دیکھ کر چیخیں نکل جاتی تھیں۔ عرصے سے ہم ایک دوسرے کی خوشی اور غم میں شرکت کرتے آئے ہیں۔ راضی خوشی نہ سہی کم از کم مجھے تو اس کے سارے غموں میں شرکت کرنا ہی پڑتی ہے۔ ویسے وہ دیکھنے میں اچھی خاصی انسان معلوم ہوتی ہے مگر ایک نہایت ہی مکروہ لت اس کو چمٹ گئی ہے۔ وہ ہے عشق بازی۔ وہ تعلیم یافتہ مہذب ہے لہٰذا اس کے عشاق میں عموماً شعرا ادیب اور جرنلسٹ بھی پائے جاتے ہیں۔ میری سہیلی کا کہنا ہے پتہ نہیں کہاں تک درست ہے کہ وہ سب کے سب اس کے عشق میں گرفتار ہیں یا گرفتار تھے، یا گرفتار ہونے کے آرزومند ہیں۔ پتہ نہیں

اُسے یہ شبہہ کیوں ہوگیا ہے کہ میں عشق کے معاملے میں ایکسپرٹ ہوں کیونکہ وہ ہمیشہ تازہ واردات کے موقع پر مجھی سے رائے لیتی ہے۔ جہاں اس کے تازہ عاشق سے چشمک چلی جو کہ ضرور چلتی رہتی ہے۔ چونکہ وہ عشق صرف لڑنے روٹھنے اور ملنے کے لئے کرتی ہے تو میرا دم سوکھ جاتا ہے۔ آئے دن میری جان پر مقدمے دائر ہونے لگتے ہیں۔ اور تو اور اُسے عشق کے جملہ مراحل طے کرنے کے لئے میرا ہی گھر موزوں نظر آتا ہے۔ میرے ہی صوفوں پر روٹھے منتے ہیں۔ میرے ہی گلدانوں سے ایک دوسرے کے سر پھٹتے ہیں اور بعض زمانے میں تو مجھے خود اپنے کمروں میں باقاعدہ کھنکھار کر، ہوک بجا کر جانا پڑتا ہے۔ کتنی بار جی چاہا کہہ دوں مجھ کو تم نے کیا سمجھ رکھا ہے۔ تمہارے یہ دکھڑے سننے کے لئے میرے پاس وقت نہیں۔ کیا میں ایسی بے مصرف ہوں کہ سوائے تم جیسی ناکارہ چیز کے اور کوئی الجھن میری زندگی میں نہیں میں بیٹھ کر تمہارے عاشقوں کے دکھڑے سنوں یا سوچوں کہ اناج کتنا کم ملتا ہے راشن پر چاول تو جیسے بونے سے پہلے بیج سڑ گیا تھا" جب سے کنٹرول کھسکا ہے آنکھیں لٹھے ململ کو ترس گئی ہیں۔ کہتے ہیں کفن کا کوٹہ ملتا ہے۔ کاش مرنے سے پہلے وہ کفن والا لٹھا مِل جائے، تو ایک غرارہ مزے سے بن جائے۔ پھر شکر میں کتنی دھول ہوتی ہے۔ جانو گنے ہی کرکرے ہوئے جانے لگے۔ پر تم کیا جانو اِن باتوں کو۔ یہ جو عاشقوں کا چسکا بیٹھے بٹھلائے جان کو لگا بیٹھی ہو کہ سال کے بارہ مہینے بس ان ہی کی جان کا رونا کہ اب کون سی فصل آئی۔ کون سے کاٹے جائیں اور کون سے تازہ بوئے جائیں۔ کن کی ادھیڑ بُن کی جائے اور کون سے جھاڑ پونچھ نیپتھلین کی گولیاں ڈال کر اسٹور کر دیے جائیں کہ وقت ضرورت کام آسکیں۔

اور پھر میراجی بول اٹھتا ہے اور موچی کی خام چمڑے اور پرانے جوتوں والی دکان آنکھوں میں پھر جاتی ہے۔ مجھے اس کے عاشق جوتوں کی ایک طویل قطار کی طرح معلوم ہوتے ہیں۔ اونچی ایڑی کے، نیچی ایڑی کے، بغیر ایڑی کے ولایتی، ہندوستانی سینڈل اور واکنگ شو، ڈانسنگ شو، اور پلیٹ فارم شو، روپہلے چمکیلے اور پھٹے ہوئے چیتھڑے اور گھٹیلے، پر کوئی بھی تو ان میں سے فٹ نہیں۔ کسی کا پنجہ کاٹتا ہے تو کوئی ایڑی پر چھالا ڈالتا ہے۔ کسی کا تسمہ ڈھیلا تو کسی کا بکسوا تنگ۔ کوئی بھی تو ایسا نہیں کہ مزے سے پیر میں ڈال کر زندگی کی پگڈنڈی پر ٹھمکتی لچکتی چلی جاؤں۔

ان کے تازہ ترین عاشق سے میرا پرانا بیر ہے۔ وہ ایک عرصے سے مجھ سے ایک فلمی کہانی لکھوانا چاہتا ہے اور اتنے بھاؤ تاؤ کر رہا ہے کوئی دم میں کمر ٹوٹا چاہتی ہے اور وہ بھی سمجھ گیا ہے کہ کچھ دن بعد میں اس کی مرضی کے مطابق داموں پر لکھنے پر مجبور ہو جاؤں گی۔ پھر اس میں وہ جملہ، ردو بدل کر کے اپنی بوڑھی داشتہ کو میرے تخیل کی پندرہ سالہ چھوکری بنا دے گا اور پھل پھل کرتے دُنبے جیسے ہیرو کو جو حاملہ عورت کی طرح پھیل پھیل کر چلتا ہے اور جس کے سینے پر اتنا گوشت ہے کہ بآسانی ۳۲ نمبر کی بریزیر پہن سکتا ہے۔ جوان سال ہیرو کا پارٹ دے دیگا۔ پھر جب یہ بوڑھی گھوڑی اور ڈھیلا ہاتھی، پھدک پھدک کر باغوں میں دوگانے گائیں گے۔ میرا سر شرم سے نیچا ہو جائے گا۔ میں کسی کو نہ بتاؤں گی کہ یہ کہانی میں نے تخلیق کی تھی۔ کیونکہ میں جانتی ہوں کہ وہ کہانی مہکتے کونپلوں بھیگی شکر اور کمیاب لمحے نے اس کو سوچی تھی۔ کالے بازار سے لٹھا اور ململ خریدوں گی اور بھیگے کونٹلے کہ اس کی آنچ سلگتی رہے اور پھر مجھے کہانی لکھنے کا معاوضہ ملے۔ ایک عجیب و غریب جگہ ہے جس میں فلم ڈائرکٹر اور کالا بازار ایک دوسرے کی

دم پکڑے چک پھیریاں لے رہے ہیں۔ میں فلم ڈائرکٹر کو، اور فلم ڈائرکٹر بازار کو اور کالا بازار مجھے مضبوطی سے پکڑے ہوئے ہیں۔ اس چکر میں بیچ بیچ میں تتلیاں آئی ہیں۔ خالی تتلیاں، پھل ندارد! اور یہ تتلیاں یوں ہی آتی رہیں گی، یہاں تک کہ فلم اسٹار کے چھدرے بال جھڑ جائیں گے۔ چہرہ ناقابلِ مرمت ہو جائیگا اور وہ اپنے عاشقوں میں کسی ایک کے حق میں قرعہ ڈال دے گی اور اس کے گھر میں بیٹھ کر موٹی نہ ہونے کی فکروں میں پڑی پھولا کرے گی اور ایک دن فلمی کہانی لکھتے لکھتے میں اپنا قلم چبا کر نگل جاؤں گی اور ان گیلے کوئلوں کو اتنا پھونکوں گی کہ وہ بھڑک اٹھیں گے۔

اگر آپ کی ٹانگیں شل نہ ہو گئی ہوں تو دو زینے اور طے کر ڈالیئے۔ یہ کیڈل کورٹ کا تیسرا مالا ہے۔ اگر آپ دروازے پر دستک دیں تو ایک اجاڑ صورت مریض دروازہ کھول کر جھانکے گا اور سہم کر آپ سے درخواست کریگا کہ بھائی غُل کیوں مچاتے ہو۔ خواہ غل، بالکل نہ مچ رہا ہو۔ یہ بیچارہ ایک مزدور پیشہ آدمی ہے۔ یہ جو آپ کو سمندر کے کنارے چاٹ پکوڑی کی دکانیں نظر آتی ہیں۔ یہ قریب قریب نصف اسی کی ہیں جنھیں اس نے ٹھیکہ پر دے رکھا ہے وہ نہایت ذلیل درجے کے ٹھگ ہیں اور بہت کم منافع لاتے ہیں۔ ویسے یہ اور بات ہے کہ میرین لائن پر اس کی ایک قطار میں تین عمارتیں ہیں۔ باندرا میں دو بنگلے ہیں، ایک تو غریب نے اپنے ذاتی مصرف کے لیے بنوایا تھا۔ تمام ایرکنڈیشن کرایا مگر شرنارتھیوں پر دیا کھا کر صرف پچیس ہزار پگڑی لے کر دیدیا۔ بیچارہ بلڈنگ اپنے لئے بناتا ہے لوگ لے لیتے ہیں یہی وجہ ہے کہ وہ خود اس بوسیدہ عمارت میں رہتا ہے۔ اب تو یہ حال ہے

کر مکان کی یونیورسٹی اور پگڑیاں ٹپکیں۔ کرے بھی تو کیا؟ لوگ چھوڑتے ہی نہیں۔ اب وہ دن دور نہیں کہ وہ اپنے موجودہ مکان کو پگڑی پر دے کر فٹ پاتھ پر موچی کے شانے سے شانہ ملا کر پڑ جائے گا۔ دنیا اسے سرمایہ دار سمجھتی ہے حالانکہ اس کی روح تک ننگی بچی ہے۔ اس کا سارا روپیہ کاروبار میں پھنسا ہو پھولتا جا رہا ہے۔

ان مکانوں کے علاوہ فٹ پاتھ پر کپڑے کی اس کی ہزاروں چھوٹی چھوٹی دکانیں ہیں، یہاں دہ مل سے پورے تھان لا کر ان کے کٹ پیس بنا کر کالے بازار کے بھاؤ بیچتا ہے۔ یہ فٹ پاتھ پر سارے بمبئی میں کالا بازار پڑا جگمگاتا ہے، مگر اسے نہ پولیس کا سپاہی دیکھتا ہے، نہ ہمارے دیس کے مقدس لیڈر جیسے وہ جادو کی ٹوپی پہنے ہو۔

دو زینے اور گھسیٹ ڈالئے۔ ابھی ٹانگوں میں ویسے دم تو نہ رہا ہوگا۔ یہ کینڈل کورٹ کی چھت ہے۔ یہاں صرف ایک کوٹھری ہے جس میں مالک مکان کا فالتو کوڑا مثلاً پرانی ٹنکی، ٹوٹی ہوئی کھڑکیاں۔ موٹر کے گھسے ہوئے ٹائر، خاک دھول، جھینگر اور مکڑیوں کے درمیان ایک میلی سی دری انسانی ہاتھوں سے بچھائی نظر آئے گی، ایک طرف کچھ نئے پرانے کاغذوں، رسالوں اخباروں کا ڈھیر رسّی پہ میلے کپڑے۔ ایک کونے میں ایک انگیٹھی جس پر سیاہ المونیم کی کیتلی اور دو چار پڑیاں چائے گڑ شکر کی، ان چیزوں کو دیکھ کر اندازہ ہوتا ہے کہ یہاں کوئی انسان کی قسم کی شئے بھی بسیرا لیتی ہے۔ بہت کم لوگ ہیں جو اس پراسرار ہستی کے دیدار سے مستفیض ہو چکے ہیں۔ رات کو آخری ٹرام کے رک جانے کے بعد کینڈل کورٹ پر حیرت انگیز سناٹا چھا جاتا ہے، ایک پراسرار قدموں کی چاپ گونجنا شروع ہوتی۔ پنی تُلی

تھکن میں ڈوبی ہوئی چاپ جیسے ہزاروں قدم ایک سے سُر میں غرق چل پھر رہے ہوں۔ پھر یہ چاپ کیڈل کورٹ کی طرف سرکنا شروع ہوتی ہے اور پھاٹک میں داخل ہو کر لمبے اور تاریک زینوں پر رینگنے لگتی ہے۔ اسی وقفے سے اُسی دن سے قدم ایک سیڑھی پر گرتے اُٹھتے ہیں اور بغیر ستائے کیڈل کورٹ کی چھت پر پہونچ جاتے ہیں۔ اگر کبھی رات کو ایک بجے کے بعد کیڈل کورٹ میں آنکھ کھل جائے تو آپ ان قدموں کو سنتے سنتے کانپ اٹھیں گے جیسے کوئی روح عالمِ بالا کو چڑھ رہی ہو، ایک ایک چاپ گن لیجئے۔

یہ قدم ایک عجیب اور غریب ستنے کی ملکیت ہیں۔ میں اسے ستنے ہی کہوں گی کیونکہ کیڈل کورٹ کے باسی نہ اس کا نام جانتے ہیں نہ مذہب۔ جن لوگوں نے اسے دیکھا ہے انھیں بھی شک ہے کہ وہ پتہ نہیں زندہ ہے یا کسی مُردے کا بھُوت۔ کچھ لوگوں کا خیال ہے وہ کوئی پریشان روح ہے۔ بعض لوگ کہتے ہیں سرکاری جاسوس ہے۔ کچھ لوگ یہ بھی کہتے ہیں کہ وہ فرار شدہ مجرم ہے اور اس کے نام کا وارنٹ نکلا ہوا ہے۔ اور واقعہ بھی کچھ اسی قسم کا ہے۔ ایک بار سُنا کہ وہ ایک ایسے اخبار سے وابستہ ہے جس کا ہر پرچہ ضبط ہو چکا ہے یا قابلِ ضبط ہے۔ پھر معلوم ہوا کہ کسی مشاعرے میں اس کو پولیس نے دھر لیا ہے۔ پھر ایک ناٹک میں کچھ ایسا فساد انگیز مظاہرہ کیا کہ پولیس نے گھیر لیا۔ مگر اس کی ہستی کچھ ایسی پھسلتی کہ نہ جانے کہاں دبک جاتا ہے۔ وہ جیسے کھٹمل ہوتا ہے ناضدی قسم کا گدّی میں کاٹ لو اور اس سے پہلے کہ شکار سنبھلے پنڈلی میں چپک لیا، پنڈلی مسلی تو کمر میں دو دو ڈیرے ڈال دیے۔ تو یہی صفت اس کی ہے۔ گورنمنٹ بلبلا رہی ہے، کھُجا رہی ہے اور سر پیٹ رہی ہے۔ پولیس دوڑ

رہی ہے۔ مگر یہ اُس کی ٹانگوں میں سے نکل کر بھاگ جاتا ہے۔ کیڈل کورٹ کے سارے کرایہ دار جانتے ہیں کہ وہ یہاں رہتا ہے لیکن کسی میں اتنی ہمت نہیں کہ اُسے پکڑوا دے۔ ایک دفعہ کسی نے کوشش کی بھی تو وہ پولیس کے جانے سے پہلے جھینگر بن کر غائب ہوگیا اور پھر کئی مہینے وہ پراسرار پیروں کی چاپ کیڈل کورٹ کے زینوں پر نہ سرسرائی۔ لیکن پھر ایک دن اسی طرح وہ ہزار دن پاؤں ایک نئے سرمیں ڈوبے پھر سے چڑھنے اُترنے لگے۔ جن لوگوں نے اُسے دیکھا ہے ان کا کہنا ہے کہ وہی پھٹا پتلون اور قمیض ہے وہی پچکے گال اور الجھے بال۔ شاید وہی لوٹ کر آگیا ہے۔ مگر شاید۔ کیونکہ یقین سے نہیں کہا جاسکتا۔

اور یہ پراسرار قدم ہمیشہ اسی طرح رات کی پراسرار تاریکی میں گونجتے رہے ہیں۔ ایک تھک جائے تو دوسرا جوڑا ان کی جگہ لے گا اور دوسرا تھک جائے گا تو تیسرا۔ اور یہ لاتناہی قدموں کا سلسلہ اسی طرح بغیر لغزش کھائے چلتا رہے گا، اور ایک ایک قدم ہزاروں قدموں میں بستا چلا جائے گا۔ تو یہ کیڈل کورٹ ہے۔ اوپر سے نیچے تک، فٹ پاتھ سے لے کر خالی آسمان تک، اگر آپ کو ایک پلنگ کی ضرورت ہو تو ہتھ سے کہیئے.......

وہ آپ کو نہایت نامعقول پگڑی کے عوض ایک آدھ کونا کھدرا رہنے کو دے دیگا —— جب لیڈروں کی تصویریں جاگ پڑیں گی اور شکر میں سے ریت کے ذرّے چھان ڈالیں گی۔ ان گیلے کوئلوں کو اتنا دَھونکیں گی کہ ان میں سے شعلے بھڑک اٹھیں گے اور یہ ہتھ اور فاقہ

ختم ہو جائیں گے۔ اور موچی کے سر پر کوڑا نہ برسے گا اور کیڈل کورٹ کی چھت پر چھپے ہوئے جھینگر بوسیدہ مال کو چاٹ جائیں گے.........
مگر نہیں........ بھلا کہیں تصویریں بھی جاگا کرتی ہیں۔

# فسادات اور ادب

فسادات کا سیلاب اپنی پوری خباثتوں کے ساتھ آیا اور چلا گیا مگر اپنے پیچھے زندہ مردہ اور رِستی ہوئی لاشوں کے انبار چھوڑ گیا۔ ملک کے ہی دو ٹکڑے نہیں ہوئے جسموں اور ذہنوں کا بھی بٹوارہ ہو گیا۔ قدریں بکھر گئیں اور انسانیت کی دھجیاں اُڑ گئیں۔ گورنمنٹ کے افسر، دفتروں کے کلرک مع میز کرسی قلم دوات اور رجسٹروں کے مالِ غنیمت کی طرح بانٹ دیے گئے اور جو کچھ اس بٹوارے کے بعد بچے ان پر فسادات نے دستِ شفقت پھیر دیا۔ جن کے جسم سالم رہ گئے اُن کے دلوں کے حصے بخرے ہو گئے۔ ایک بھائی ہندستان کے حصے میں آیا تو دوسرا پاکستان کے۔ ماں ہندستان میں تو اولاد پاکستان میں۔ میاں ہندستان میں تو بیوی پاکستان میں۔ خاندانوں کا شیرازہ بکھر گیا۔ زندگی کے بندھن تار تار ہو گئے، یہاں تک کہ بہت سے جسم تو ہندستان میں رہ گئے اور روح پاکستان چل دی۔

فسادات اور آزادی کچھ اس طرح گڈمڈ ہو کر وارد ہوئے کہ یہ قیاس لگانا

دشوار ہوگیا کہ کون سی آزادی ہے اور کون سا فساد۔ لہٰذا جس کے حصے میں آزادی آئی فساد آگے پیچھے لائی۔ ایک بار ہی طوفان کچھ اس طرح بے کہے سُنے وارد ہوا کہ لوگ بستر بوریہ بھی نہ سمیٹ سکے۔ پر جب ذرا ٹھنڈک پڑی تو جملہ حواس جمع کرکے چاروں طرف دیکھنے کا موقع ملا۔

جب زندگی کا کونہ کونہ اس کھیونچال کی عنایت سے تلپٹ ہوچکا تو یہ کیسے ممکن تھا کہ شاعر اور ادیب الگ تھلگ بیٹھے رہتے۔ جب زندگی خون میں غلطاں ہوگئی تو پھر ادب جس کا زندگی سے چولی دامن کا رشتہ ہے کہاں تک تردامنی سے بچ سکتا تھا، لہٰذا ہجر و وصال کے جھگڑے بھول بھال کر لوگ بڑی لیلی کے بچاؤ کی فکر میں پڑ گئے۔ شیطان کے چیلوں کے انداز دو چار ہاتھ انداز معشوقانہ سے بھی آگے نکل گئے۔ پناہ گزینوں کے قافلوں نے قیس و فرہاد کی صحرا نوردی پر خاک ڈال دی یہاں تک کہ غزل بھی جسے جاگیرداری کی نازپروردہ کہا جاتا ہے جو کڑی بھول کر کوچۂ جاناں سے نکل بھاگی اور جلے ہوئے بازاروں، لٹے ہوئے مکانوں اور کچلی ہوئی انسانیت کے انباروں میں بھٹکنے لگی۔ اس کے سوا چارہ بھی تو نہ تھا۔ آخر غمِ جاناں کو ایک دن بڑھ کر غمِ دوراں ہونا تھا۔"

جوں ہی ادیبوں اور شاعروں کے ہوش و حواس درست ہوئے اپنے مقصد کی طرف متوجہ ہوگئے۔ ان میں مختلف خیالات اور جذبات کے حامی نظر آتے ہیں۔ ترقی پسند بھی اور رجعت پسند بھی اور وہ بھی جو نہ ترقی پسند ہیں نہ رجعت پسند۔ درمیان کا کوئی معمہ۔ کچھ تو ان میں ایسے تھے جو گارامٹی اور چونا لیکر فوراً لیپ پوت پر ڈٹ گئے۔

ٹوٹی دیواریں پھر سے اٹھائیں، ٹپکتی چھتوں پر مٹی ڈالی، مسمار ایوانوں کو نئے سرے سے سمیٹا۔ یہ ہوئے وہ جن کی تخلیقات کا مقصد تعمیری تھا۔ اس صف میں پیش پیش وہی نظر آتے ہیں جنھوں نے بدیسی راج کے سایے میں جنم لیا تھا مگر اس سایہ سے عرصہ ہوا اُکتا چکے تھے، جو اس بدیسی حکومت کے ہاتھوں نالاں اس کے جانے کی راہ دیکھ رہے تھے اور جیسے ہی انھوں نے دیکھا کہ سفید چمڑی والے لٹیرے ہندستان سے چلے گئے، وہ ننھے بچوں کی طرح تالیاں بجا بجاکر ناچنے لگے آزادی کے نشے نے انھیں ایسا مدہوش کر دیا کہ وہ سڑکوں پر ناچتے گاتے، کودتے، اُچھلتے ذرا بھی تو جھینپتے، ذرا بھی تو نہ شرماتے۔ اور شرمانے کی فرصت کسے تھی۔ یونین جیک نیچے پھسل رہا تھا، ترنگا اونچا ہو رہا تھا۔ اور وطن پرستوں کے دماغ ساتویں آسمان پر چڑھ گئے۔ سینما میں جیسے چونی والے' ہیرو کو گھوڑے پر آتا دیکھ کر سیٹیاں بجا بجاکر ناچتے ہیں' بالکل اسی طرح یہ نشہ آزادی کے متوالے ترنگے ہیرو کو عرش پر چڑھتا دیکھ کر گلی گلی کوچے کوچے ناچنے تھرکنے لگے۔

"جھوم جھوم کر ناچو آج گاؤ من کے گیت" پریم دھون نے گایا۔

"بڑھو کہ رقص ونگ ہے' اٹھو کہ نو بہار ہے" جوش صاحب گرجے۔

"بڑے نازسے آج ابھرا ہے سورج۔ ہمالہ کے اونچے کلس جگمگائے" جذبی نے بیتاب ہوکر کہا۔

"اے رود گنگا گیت گا اٹھلا کے چل موج چمن
ہاں اے ہمالہ جھوم جا رقصاں ہو اے کوہ ودمن
ہاں اے اجنتا کے بتو نغمہ سرا ہو، نغمہ زن

"آزاد ہے، آزاد ہے، آزاد ہے ہندوستاں۔" جاں نثار اختر نے جھوم کر کہا۔

میری دلّی، میری محبوب دلّی
اب تو غاصب شہنشاہوں کی داشتہ اور خود کام جاگیرداروں کی لونڈی نہیں ہے۔
غیر ملکوں کے سرمایہ داروں کی منڈی نہیں ہے۔
تو ہماری امیدوں کا مرکز ہے خوابوں کی تعبیر ہے۔
آرزوؤں کی تصویر ہے۔
تیرے چہرے پہ میں آج اک نور سا دیکھتا ہوں ........ جعفری نے للکارا۔

لیکن ۱۵ اگست بھی آیا تو ٹھہرنے کے لئے نہیں جانے کے لئے اور اپنے پیچھے کھسیائے، مدھ لنسے اور منہ بسورتے ہوئے انسانوں کا سیلاب چھوڑ گیا۔ گاتے دل خاموش ہوگئے، ناچتے پیر تھم گئے، جو رقصاں بھی رہے۔ وہ نہ جانے کس تال سر کے بل بوتے پر جاتے ہوئے دل سوچنے لگے اور یہ سمجھنے لگے: منحوم ہوا یار لوگ ہنی کا چاند کپڑا کر چل دیے جس کا طمع اتنا کچا کہ وہ دن نہ ٹھہر سکا۔ جیسے صبح صادق جاتا وہ صرف ایک پٹاخہ تھا جس کی عارضی روشنی میں بھولے دل ایک دم جھوم اٹھے تھے۔ جانے والے کس چالاکی سے گئے کہ جسم رہ گئے روح چھوڑ گئے اور ستم ظریفی دیکھیئے کہ آزادی کے دو ٹکڑے کر کے پکڑا گئے۔ کہنے کو کہہ دیا کہ ہندستان ہندستانیوں کو پاکستان پاکستانیوں کو دے گئے۔ جب حساب کتاب کیا تو یہ پتہ

چلا جو کچھ ملا ہندستان کے سرمایہ داروں اور پاکستان کے جاگیرداروں کو ملا۔ جو ہاتھ پہلے خالی تھے، وہ اب بھی خالی ہیں۔ اندھے نے باٹیں ریوڑیاں، اپنوں ہی کو دیتا چلا گیا۔ چنانچہ جوش صاحب بپھر کر بولے

"یہ بوہنت یہ کتر۔ یہ کانٹ چھانٹ ابتری
شناوروں کی ڈبکیاں، مجاہدوں کی بے پری
خزاں کہیں گے پھر کسے اگر یہی بہار ہے"

اور سردار جعفری نے دانت پیس کر کہا:۔

"کون آزاد ہوا ؟
کس کے ماتھے سے غلامی کی سیاہی چھوٹی ؟
میرے سینے میں ابھی درد ہے محکومی کا
مادرِ ہند کے چہرے پہ اداسی ہے وہی
خنجر آزاد ہیں سینوں میں اترنے کے لئے
موت آزاد ہے لاشوں پہ گزرنے کے لئے "

اور مجاز نے چپکے سے کہا۔

"یہ سب خون میں ہاتھ ہیں جن کے تر
یہی تھے مسیحا، یہی تھے خضر "

ادھر سے احمد ندیم قاسمی نے اطلاع دی کہ یہاں بھی خیریت نہیں

"روٹیاں بوٹیوں سے تلتی ہیں ٭ عصمتوں کی سجی دکانوں پر
پیٹ بھرنے کے بعد ناچتا ہے ٭ خون کا ذائقہ زبانوں پر "

اور مجروح نے چڑھ کر کہا :۔

" اب وہ غمِ زنداں دیتے ہیں جن کو غمِ زنداں ہونا تھا۔ "

اور اختر نے بسور کر کہا :۔

میں تو یوں خوش تھا کہ آزاد ہوا میرا وطن

........ مگر انھیں جلد ہی معلوم ہو گیا کہ ۔

ہاتھ لگتے ہی تو رنگِ گُل تر چھوٹ گیا

ہار گندھنے بھی نہ پایا تھا، ابھی ٹوٹ گیا

جام لب تک بھی نہ آیا تھا، ابھی چھوٹ گیا

میرے خوابوں کو نہیں کوئی مجھے لوٹ گیا

غرض ہر طرف سے لے دے شروع ہو گئی لیکن اس سے قبل کہ جواب دہی کی طلب زور پکڑے ایک دم سے فسادات کا دھاوا پوری طاقت سے سر پہ چھوڑ دیا گیا۔ صاف ظاہر ہے کہ حقوق کی طلبی سے دھیان ہٹا کر پہلے فسادات کی روک تھام ضروری سمجھی گئی۔ ہندستان، اور پاکستان کے بیشتر ترقی پسند ادیب فوراً اس طرف متوجہ ہو گئے اور دوسرے ترقی پسند عناصر کی ہمراہی میں کام شروع کر دیا گیا۔ چاقو اور چھری کا وار قلم پر روکا گیا۔ گو رجعت پسندوں نے چاقو چھری ہی کا ساتھ دیا مگر فتح ترقی پسند عناصر کی ہوئی۔ یہ ایسا وقت تھا جب جان کی قیمت ایک مٹھی ریت ہو گئی تھی۔ شرنارتھیوں کی بیکس فوج کو نہتا میدان میں چھوڑ دیا گیا تھا۔ ہر مطالبے کے جواب میں فساد کی آگ دونی بھڑکا دی جاتی تھی۔ کرتا دھرتا پیٹھ موڑے کھڑے تھے۔ مصلحِ قوم نہ جانے کہاں اونگھ رہے تھے۔ اس وقت

ادیبوں نے بالکل اسلحہ جات کی طرح ڈرامے، اسکیچز، اور نظمیں تیار کر کے تیزی سے فضا میں بکھیر دیں۔ احمد عباس نے اپنا ڈرامہ "میں کون ہوں؟" ڈیڑھ گھنٹے میں بیٹھ کر گھسیٹ ڈالا، ریہرسل کیا اور اسی شام شہر کے کئی حصوں میں اسے پھیلا دیا گیا۔ اس وقت عباس کے پاس یہ سوچنے کی فرصت نہ تھی کہ اس جلد بازی سے فن کو ٹھیس نہ لگ جائے۔ اس کے قلم کی ہتک نہ ہو جائے، ایک ادیب کی عظمت میں فرق نہ آ جائے۔ اور اگر وہ یہ سب کچھ سوچ لیتے تو شاید "میں کون ہوں؟" کو فن کا بہت کچھ مرقع بنا لیتے۔ مگر وہ اس آگ کے لئے چھینٹا نہ بن سکتا جو اس وقت بھڑک رہی تھی، اس بھڑکتی ہوئی دنیا کو شہ پاروں سے زیادہ چھینٹوں کی ضرورت ہے۔

اسی زمانے میں کرشن چندر نے باقاعدہ ایک مضبوط مورچہ قائم کر کے افسانوں، کہانیوں، اور اسکیچز کی ایک فوج کی فوج میدان میں اُتار دی۔ جس تیزی سے فساد پھیلے اسی تیزی سے کرشن کے افسانے ہندستان اور پاکستان کے رسالوں کے ذریعے پھیل گئے۔ قصداً یا شاید انجانے طور پر یہ بمباری کچھ اس انداز سے کی گئی کہ دنیا میں کہیں اور ایسی کوئی دوسری مثال نہ ملے گی، کہ ایک ہی ادیب نے دوا کی خوراکوں کی طرح اس مختصر سے عرصے میں اتنا کچھ لکھا ہو اور نسخہ مفید ثابت ہوا ہو۔
کرشن نے جو کچھ لکھا جذبات کی رو سے بچ کر سمجھ بوجھ کر اور شاید زبردستی لکھا، آمد کا گلا گھونٹ کر آورد کو لبیک کہا۔ وہی لکھا جو اس نے لکھنا چاہا۔ جو مصلحت وقت نے کہا۔

یہ وہ وقت تھا جب دونوں فرقے ایک دوسرے سے گتھم گتھا ہو چکے

تھے۔ ابھی گنتی تو ہوئی نہیں جو یہ پتہ چلے کہ کس پارٹی نے زیادہ شکار کیئے۔ اگر مسلمانوں نے دو ہزار برہنہ عورتوں کے جلوس نکالے تو ہندوؤں نے چار ہزار۔

مسلمانوں نے چھ ہزار

ہندوؤں نے آٹھ ہزار۔۔۔۔۔۔ آٹھ ہزار۔ سولہ ہزار، بتیس ہزار سو ہزار۔ اب کوئی نیک بخت عقلمند ہوتا تو گن کر بتا دیتا کہ جیت کس پارٹی کے سورماؤں کو نصیب ہوئی؟ ویسے تو ہر جیتا ہوا شکست خوردہ سے بدتر نظر آتا ہے۔ سب ہی کے سر ندامت سے جھکے ہوئے ہیں ایسی حالت میں جو کچھ کرشن چندر احمد عباس، سردار جعفری، احمد ندیم قاسمی، اشک، ساحر لدھیانوی، ہاجرہ مسرور اور اسی برادری کے دوسرے لکھنے والوں نے لکھا۔ اسے عزیز احمد، حسن عسکری اور ایم۔ اسلم ادب ماننے سے انکار کرتے ہیں۔ ان کا کہنا ہے کہ ان لوگوں نے ترازو میں تول تول کر ہر وحشی کو برابر کا حصہ دیا ہے۔ حالانکہ ان کا خیال ہے کہ ظلم صرف ہندوؤں اور سکھوں نے کیئے ہیں۔ پتہ نہیں وہ کس بنا پر ایسا کہتے ہیں۔ شاید ظالموں نے حساب کتاب کا رجسٹر ان کی خدمت میں پہنچا دیا ہے۔ ورنہ ہر عقل رکھنے والا اندازہ سے ہی کہہ سکتا ہے کہ ظلم دونوں فرقوں نے کیئے اور ایک دوسرے سے بڑھ چڑھ کر کیئے، ان کی سلسلے میں یک طرفہ تصویر ہی صحیح حالات کی رہنمائی کر سکتی ہے۔ مثال کے طور پر کرشن چندر کو بھی وہی کچھ لکھنا چاہیئے تھا جو اس کی آنکھوں نے دیکھا۔ اگر وہ ایسا کرتا تو کیا ہوتا۔ اس زمانے میں جب کہ کرشن نے یہ افسانے لکھے۔ اس کا گھر شرنارتھی کیمپ بنا ہوا تھا۔ مغربی پنجاب کے لٹے لٹائے

ذہنی اور جسمانی زخمی اور ان کی ناگفتہ بہ حالت دیکھ کر کون جانے کرشن کے دل میں مسلمانوں کے خلاف کتنا شدید جذبہ اٹھا ہوگا۔ کیسے معلوم ان خانہ برباد عزیزوں اور پیاروں نے بیٹھ کر اس کی حقیقت بین آنکھوں پر کتنی اندھیری چادر پڑ گئی ہوگی۔ مگر وہ کونسا جذبہ اور کون سی طاقت تھی جس کی مدد سے اس نے اس چادر کو چاک کر کے باہر جھانکا۔ کئی بار یہ محسوس کر کے کہ وہ متعصب ہوتا جارہا ہے۔ وہ اس فضا سے بھاگ نکلا ہوگا تاکہ ان دکھیوں کی آہوں کی گرمی سے دور ہٹ کر تصویر کے دوسرے رُخ کو اپنی تخئیل کی نگاہ سے جنم دے۔ ڈھونڈھ ڈھونڈھ کر ایسی تصویریں چنیں یا تخلیق کیں جن کی نمائش کے وقت ترازو کے دونوں پلڑے برابر ہیں۔ اور اس وقت ہر شخص جسے اپنے ملک سے پیار تھا۔ یہی کرتا جو کرشن نے کیا ترازو اٹھا کر ایک پلڑے میں چشم دید واقعات اور بیتے ہوئے حالات رکھے دوسرے میں تخیل کے کھینچے ہوئے نقشے۔ کوئی اور ہوتا تو ڈنڈی مار جاتا۔ یا ایم۔ اسلم کی طرح ایک ہی پلڑے کی ترازو لیتا۔ یا بقول عسکری صاحب نہ ظالم کو ظالم کہتا۔ نہ ظلم کی مذمت کرتا۔ نہ بدی کو روکنا پسند کرتا اور چند احمقانہ لطیفے لکھ کر اسی انتظار میں بیٹھ جاتا کہ انسان کی نیکی جو بدی کے ساتھ ضرور ہوتی ہے کب تہہ سے اچھلے اور سطح پر آئے اور پھر اُسے غیر فانی تخلیقی ادب کا رتبہ دے کر خراج تحسین کی امید کرتا میرے خیال میں خواہ کرشن چندر نے ادب کا گلا گھونٹا، فن کی نزاکتوں کو کچلا، مصنوعی ادب کو جنم دیا مگر وہ اپنے فرض سے غافل نہیں رہا۔ اس نے پروپگینڈا کیا اور مصلح بن بیٹھا۔ اس وقت جبکہ ہمیں فنکار سے زیادہ رہنما کی ضرورت تھی اس نے وہی کیا جس کی ضرورت تھی، مصلحت تھی۔ حسن عسکری کی نظروں میں مصلح

احمق ہوں گے چونکہ وہ خود مصلح بننے کی کوشش میں یہ سب کچھ ثابت کئے دے رہے ہیں۔ ہمیں حسن عسکری کی قدروں سے کوئی واسطہ نہیں ہمارے سامنے اَن مٹ قدریں موجود ہیں۔ ہم انھیں پر نظر رکھیں گے۔

باوجود ان سب باتوں کے کرشن چندر اور دوسرے کئی لکھنے والوں نے جو کچھ بھی فسادات کے بارے میں لکھا وہ ادبی نقطۂ نظر سے کسی طرح بھی نیچا نہیں "ہم وحشی ہیں" کا طرز بیان، پلاٹ اور پرواز تخیل کے معاملہ میں خود کرشن کے گزشتہ مجموعوں پر بھاری ہے، وہ سوز و گداز وہ چبھن جو "یہاں کے نظاروں" میں نہ تھی، "شکست" میں بھی نہ تھی غرض سوائے "ان داتا" کے کہیں بھی نہ تھی۔ حال ہی میں جو کرشن کی تحریروں میں آتش نشانی صنعت پیدا ہوئی ہے اور وہ صرف اس وجہ سے کہ ان تحریروں میں ایک لگن ہے، ایک مقصد ہے، ایک ارادہ ہے اور اس کی تکمیل ہے۔ اور یہی چیز ہے جس نے اسے اتنے بلند مرتبے پر پہونچا دیا ہے۔

دوسری قسم ان لوگوں کی ہے جو سینہ کوٹ کوٹ کر فرقہ وارانہ ماتم کر رہے ہیں اور اپنی اس حرکت سے فسطائی طاقتوں کی پیٹھ ٹھونک رہے ہیں۔ یہ جاگیرداری اور سرمایہ داری کے پٹھو عوام دشمن اور موقع پرست ہیں۔ ملک کے بٹوارے کے وقت جو مال غنیمت ان کے ہاتھ آیا ہے اس کی حفاظت میں ایڑی چوٹی کا زور لگا رہے ہیں۔ ملک کے ٹکڑے ہوتے وقت جو کچھ ان کے ہاتھ لگا وہ عوام شاید ان کے حلق سے نکالنا چاہتے ہیں۔ اس لئے فرقہ وارانہ ڈھونگ رچا کر ان کا دھیان بٹانا چاہتے ہیں۔ یہ انگریزوں کے تربیت دیے ہوئے ان کے جانشین

ہیں جب کبھی ہندوستانیوں نے آزاد ہونے کی خواہش ظاہر کی اور فساد شروع کرا دیے گئے اور اب انگریز چلے گئے (جسمانی طور پر) تو ان گدی پانے والوں کو اس نام نہاد آزادی کا پول کھلتا نظر آیا۔ ان کے سلئے اس کے سوا کوئی راستہ نہ رہا کہ مذہب کی آڑ لے کر ملک کا بٹوارہ کر ڈالیں۔ نیز مرے پر سو دُرّے آپس میں ایسے خون خرابے کرا دیں کہ ایک عرصے کے لئے متحدہ محاذ کا ڈر دور ہو جائے اور اس بٹوارے کو قائم رکھنے کے لئے ابدی مخاصمت پیدا کرنے کی ضرورت ہے انھیں اصولوں کو مدنظر رکھ کر ایم۔ اسلم نے رقص ابلیس کی تخلیق فرمائی۔

لیکن رجعت پرستی کے علاوہ اس ناول میں نہ دم ہے نہ دلچسپی۔ انداز بیان نہایت بچکانہ اور پھس پھسا۔ کسی ایک بھی واقعے پر اصلیت کا دھوکا نہیں ہوتا کیونکہ شروع سے آخر تک ایک واقعہ بھی موثر طریقے سے نہیں پیش کیا گیا۔ کردار نہایت بوسیدہ اور بھونڈے ہیں۔ ساری ناول میں بس دو احمق قسم کے آدمی ٹوٹے پھوٹے مکالموں کے ذریعے سُنی سنائی اُڑاتے ہیں۔ وہ بھی اتنی روکھی پھیکی طرح کہ جی اکتانے لگتا ہے۔ کتاب کا ہیرو لیفٹی محبوب الٰہی جو مشرقی پنجاب میں سب کچھ لٹا کر ماں کو اپنے ہاتھوں سے دفن کر کے آیا ہے۔ جس کی ایک شب کی بیاہی دلہن کو سکھ اٹھا لے گئے ہیں، نہایت مزے سے چاق و چوبند، صاف بستر، باقرخانیوں اور شکر وغیرہ کے بارے میں گفتگو کرتا ہے لیکن آخر میں اس کی اغوا شدہ دلہن اسٹنٹ کوئن کی ہیروئن کی طرح سب کو مارتی پچھاڑتی صحیح و سالم بالکل پاک دامن لوٹ آتی ہے، پورے ناول میں ایک فرقہ کی طرف سے دوسرے فرقے کی سات پیڑھیوں کو کوسنے اور گالیاں دی ہیں۔

اگر کوئی دوسرا اس ناول کو اسی نظریے کے ماتحت لکھتا جس کا زورِ قلم ایم۔اسلم سے زیادہ ہوتا۔ تو واقعی یہ ناول خطرناک ہو سکتی تھی۔ لیکن یہاں تو اس قسم کا کوئی اندیشہ نہیں۔

خیر ناول کو چھوڑیے اصل چیز تو اس کا دیباچہ ہے جو حسن عسکری صاحب کے زورِ قلم کا نتیجہ ہے۔ پہلے ہی صفحہ کو پڑھ کر معلوم ہو جاتا ہے کہ اس ناول میں کیا کچھ ہے اور کس بھدّے طریقے سے ہے۔ ایم۔اسلم حسن عسکری اور شاید عزیز احمد کے سوا پاکستان میں کسی ادیب نے خواہ وہ ترقی پسند ہے یا نہیں رقصِ ابلیس کو نہیں سراہا اور اس سے پتہ چلتا ہے کہ رجعت پسندوں کا محاذ ہندوستان اور پاکستان دونوں ملکوں میں مضبوط نہیں۔

ایم اسلم کی چوٹ پر راما نند ساگر نے بھی ایک ناول "اور انسان مر گیا" لکھا۔ یہ دونوں ناول میں نے ایک ہی وقت میں دیکھے۔ تکنیک کو چھوڑ کر جہاں تک مواد اور نظریے کا سوال ہے دونوں میں بڑی قریب کی مشابہت ہے۔ راما نند ساگر ترقی پسند نہیں تو رجعت پسند بھی نہ تھے۔ انھیں ایم۔اسلم کے ساتھ ایک ہی صف میں کھڑا کرتے مجھے بالکل ایسا ہی معلوم ہو رہا ہے کہ میں خود وہاں جا کھڑی ہوئی ہوں کیونکہ راما نند کو میں نے ہمیشہ اپنی برادری کا ایک فرد گردانا اور یہاں انھیں اور ایم۔اسلم کو ہم خیال دیکھ کر دُکھ ہوا۔

مثلاً "رقصِ ابلیس" میں ایم اسلم نے یہ دُکھ بیان کئے ہیں جو سکھوں اور ہندوؤں نے مسلمانوں پر کئے۔

"اور انسان مر گیا" میں راما نند ساگر نے وہ دکھ بیان کئے جو ہندوؤں

اور سکھوں پر مسلمانوں نے کئے ہیں۔

ایم۔اسلم کے یہاں بھی ایک سکھ موجود ہے جو مسلمانوں کی جان بچانے کو اپنی جان خطرے میں ڈالتا ہے۔

رامانند ساگر کو بھی ایک مسلمان مولانا مِل جاتے ہیں جو یہی خدمت انجام دیتے ہیں۔

ایم۔اسلم کی ہیروئن کو سکھ اٹھائے جاتے ہیں اور

رامانند کی ہیروئن کو مسلمان۔

مگر یہاں ایم۔اسلم نے رامانند ساگر سے زیادہ ترقی پسندی کا ثبوت دیا ہے۔جب ان کی ہیروئن خورشید پاکستان لوٹ آتی ہے تو اس کا شوہر اسے بغیر صفائی ہی کے قبول کرنے کو تیار ہو چکا تھا۔

راماننداساگر کی ہیروئن جب لٹ لٹا کر پلٹتی ہے تو وہ احمق ہیرو کی سرد مہری سے دل برداشتہ ہو کر خودکشی کر لیتی ہے۔راماننداساگر ایک گری ہوئی عورت کو اٹھانے میں جھجک گئے۔

ایم۔اسلم کے یہاں خاتمہ بخیر ہے۔مستقبل ان کے اپنے خیال کے مطابق روشن ہے۔

راماننداساگر کے یہاں یاسیت ہے، حماقت کی حد کو پہونچی ہوئی ناامیدی ہے۔

ایم۔اسلم کے کردار بچے کھچے جوڑ گئے ہیں وہ نئی زندگی شروع کر دیتے ہیں۔ راماننداساگر کے کردار ذہنی اخلاقی اور جسمانی خودکشی کر لیتے ہیں۔ پاگل

ہوکر لوگوں کو کاٹنے دوڑتے ہیں اور اسی برتنے پر ہمدردی کے امیدوار نظر آتے ہیں۔ان باتوں کے علاوہ رقص ابلیس کا دیباچہ حسن عسکری نے لکھا ہے۔

"اور انسان مر گیا" کا دیباچہ احمد عباس نے لکھا ہے اور اس میدان میں احمد عباس نے عسکری کی رجعت پسندی پر سبقت لے جانے کی کامیاب کوشش کی ہے۔

عسکری صاحب فرماتے ہیں "رقص ابلیس" ہی تخلیقی اور تعمیری ادب ہے۔

احمد عباس کہتے ہیں اندھیرے میں انھیں ایک ستارہ نظر آیا اور وہ راماننداساگر تھا۔کیونکہ وہ سوچتا ہے انسان مر گیا۔یہی انسان کے نہ مرنے کا ثبوت ہے۔

پتہ نہیں یہ کس قسم کا فلسفہ ہے۔شاید راماننداساگر اور احمد عباس ہی کی سمجھ میں آیا ہو کہ یاسیت ہی اصل رجائیت ہے۔جب راماننداساگر نے اپنے ناول میں ہر انسان اور حیوان کو مار ڈالا تو عباس قائل ہو گئے کہ موت ہی اصل زندگی ہے باقی سب حماقت ہے۔

عسکری صاحب فرماتے ہیں فسادات کے اصل ذمہ دار سکھ ہیں اور ہندو مسلمان بیچارے تو صرف اپنے بچاؤ کے لیے کبھی کبھی مار بیٹھتے ہیں۔

احمد عباس کا خیال ہے کہ عوام ہی فساد کے ذمہ دار اور بانی ہیں۔انھوں نے شوقیہ ایک دوسرے کا گلا کاٹا اور وہ بدیسی حکمرانوں اور سامراج کے سالہا سال کے کیے دھرے پر پانی پھیر دیتے ہیں۔وہ یہی سوچتے ہوں گے کہ اس قسم کے

کے ذمہ دار عوام ہی نے پاکستان مانگا تھا اور انھیں کو مل گیا۔

پاکستان اور ہندستان کے اس قسم کے لوگ اپنی ایسی تحریروں سے اس طبقہ کی پردہ پوشی کرنا چاہتے ہیں جو ذاتی مفاد کی خاطر اس بٹوارے اور فسادات کا اصلی بانی ہے۔ یہ طبقہ کسی ایک ملک کی ملکیت نہیں بلکہ چند ملکوں کے سوا ہر حصۂ زمین پر اس کے پنجے گڑے ہوئے ہیں اور اسی قسم کی حرکتیں کرکے اسی قسم کے بہانے اور حماقتیں ڈھونڈھ رہا ہے۔

مگر ہمیں خوف زدہ یا نا اُمید نہ ہونا چاہیئے۔ اس قسم کے ادب کو نہ ہی عوام نے ہاتھوں ہاتھ لیا ہے اور نہ ہی اپنایا ہے۔ ممکن ہے وقتی طور پر عوام بہک جائیں۔ مگر ان ڈھول تاشوں سے انھیں زیادہ دن نہیں بہلایا جا سکتا۔

اس تعمیری اور تخریبی ادب کے درمیان اور کڑیاں بھی ہیں جن میں سے ایک تو وہ ہے جس کا اظہار ممتاز شیریں کے افسانہ "بھارت ناٹیہ" میں کیا ہے۔ اس افسانے کا لب لباب یہ ہے کہ بھارت ماتا کے ٹکڑے ہو گئے۔ یہ خوب ہوا پہلے تو اسے ذرا سی تکلیف ہوئی مگر پھر وہ قائل ہو گئی کہ جو کچھ ہوا اچھا ہوا۔ یہاں انھوں نے ہندستان کو ایک ماں بتا کر لفظِ ماں کو کیچڑ میں اوندھے مُنہ گرا دیا ہے۔ بھلا ایسی بھی دنیا میں کوئی ماں ہوگی جس کا بچہ چیر کر دو ٹکڑے کر ڈالا گیا تو وہ خوشی سے تالیاں بجانے لگی کہ آہا ہا! وہ دو ہو گئے۔ میرے دونوں بیٹے۔ یہ مثال نہایت بھونڈی اور بھیانک ہے۔ محترمہ سے میری درخواست ہے کہ اگر وہ خود ماں ہیں تو بڑے تعجب کی بات ہے کہ بچے کے بارے میں ان کا اتنا مضحکہ خیز نظریہ ہے اور جو وہ اس جھمیلے سے آزاد ہیں پھر بھی کم سے کم وہ عورت تو ہیں جو ماں اور بچے

کے رشتے کی ایسی تضحیک کبھی برداشت نہیں کر سکتی اور اس کی درگت نہ بنائے گی۔ یہ نظریہ ویسے بھی بغیر اس مثال کے کچھ بے تکا سا ہے کہ اگر ایک چیز کے دو ٹکڑے ہو جائیں تو وہ زیادہ پھلے پھولے گی۔ سالم نہ پھل سکے گی۔ محترمہ ایک نہایت خوفناک غلط فہمی میں مبتلا ہیں۔ تقسیم کر دینے سے ممکن ہے دھارے کا زور دھیما پڑ جائے لیکن اگر اتفاق سے یہ دو ٹکڑے مل گئے تو پھر اس سیلاب کو کسی قسم کی روک تھام اور پیش بندی نہ روک سکے گی۔ وہ جز ئیں جو اس بٹوارے سے کمزور پڑ گئی ہیں اگر متحد ہو گئیں تو پھر کیا ہو گا۔ انھوں نے نہیں سوچا، مگر یہ میری غلطی ہے وہ خوب سوچ سمجھ کر باقاعدہ پروگرام کے مطابق یہ سب کچھ کہہ رہی ہیں۔ گو یہ بڑے مصنوعی حربے ثابت ہوں گے مگر فی الحال تو یہ ادب تخریبی ادب سے بھی زیادہ خوفناک ہے۔ تخریبی ادب کا مقصد تو صرف توڑ پھوڑ ہے مگر یہ ادب پیڑ کی جڑ کو کھوکھلا کر کے اس میں نیا بیج ڈالنے کی سازش ہے، اگر یہ بیج جڑ پکڑ جائے تو انسان کو جھوٹی امید اور کھوکھلے وعدوں کے چکر میں پھنسا کر قوتِ ارادی کو کچل دیتا ہے۔

میری سمجھ میں نہیں آتا کہ منٹو کے "سیاہ حاشیے" ادب پاروں کی فہرست میں شامل کروں یا ان کے لئے کوئی نئی جگہ تلاش کروں منٹو کو عجیب و غریب تہلکہ ڈال دینے والی اور سوتوں کو چونکا دینے والی چیزوں سے بڑی رغبت ہے وہ سوچتا ہے کہ اگر بہت سے لوگ سفید کپڑے پہنے بیٹھے ہوں اور کوئی کیچڑ مل کر وہاں چلا جائے تو سب ہکا بکا رہ جائیں گے۔ سب لوگ رو پیٹ رہے ہوں۔ وہاں ایک اونچا قہقہہ لگا دو تو سب کے سب دم سادھ کر ٹکر ٹکر منہ دیکھنے لگیں گے

بس دھاک بیٹھ جائے گی سکہ جم جائے گا۔ اس حربہ کے ذریعہ سے منٹو نے بہت دفعہ لوگوں سے خراج وصول کیا ہے مگر اس دفعہ اس کا وار کچھ اوچھا پڑا۔ ویسے سیاہ حاشیہ، ادبی شہ پارے اور غیر فانی تجوبے نہیں تو بالکل کوڑا کباڑ بھی نہیں ان میں سے بہت سے ٹکڑے خوبصورت ہیں کہ پڑھ کر جی بھر آتا ہے لیکن دیباچہ نویس نے ان کے ساتھ بڑی زیادتی کی ہے۔ انھیں غلط لباس میں پیش کیا ہے لباس اپنی طرف سے منڈھ دیا ہے۔ یہ کہکر کہ منٹو ظالم کو ظالم نہیں کہتا' نہ جانے ان کا کیا مطلب ہے؟ کیا وہ سوچتے ہیں منٹو ظالم کو محبوب یا دلبر کہتا ہے۔ میرے خیال میں منٹو کبھی اس قسم کی باتیں نہیں کہتا۔ وہ سب کچھ کہہ سکتا ہے' یہ نہیں کہہ سکتا کہ شیطان طبع لوگ خود اپنی جدت ہیں یا خدا نے انھیں ایسا ہی بنایا ہے۔ معاشی اور اقتصادی اور سیاسی طاقتوں کا اس تعمیر میں ہاتھ نہیں، عسکری صاحب کا فلسفہ ہے کہ "مارنے والوں کو منع نہ کرو وہ نہ مانیں گے" تو کیا ان کی رائے ہے کوئی سر پہ ایک لٹھ مارے تو اس سے کہیں گے بھائی چار اور مار لے۔ یہ مقدس جذبہ عسکری صاحب میں ہو تو ہو کسی عقلمند انسان میں تو نہیں اور منٹو میں تو ہرگز نہیں۔ منٹو تو ایک بار سمجھائے گا۔ دو بار سمجھائے گا۔ تیسری بار اگر لاتوں کے بھوت باتوں سے نہ مانے تو لاتوں ہی سے سمجھائے گا۔ عسکری صاحب نے منٹو کا نظریہ مسخ کر کے پیش کرنے میں نہ جانے کیا لذت محسوس کی مگر یہ ہوا برا۔ منٹو کے لئے منٹو سب کچھ ہو سکتا ہے متعصب نہیں ہو سکتا۔ کسی کے بنائے بھی نہ بنے گا۔ فساد پسند نہ بنے گا۔ وہ انسان جو دنیا کی ذلیل ترین ٹھکرائی ہوئی طوائف کے لئے اپنے قیمتی آنسو بہا سکتا ہے۔ جو دلال جیسے رذیل

حیوان کے دل کو ٹٹول سکتا ہے۔ جس کی حساس ناک عطر کی خوشبو کی متحمل نہیں ہو سکتی صرف اس لئے کہ اس خوشبو میں تصنع ہے، بناوٹ ہے۔ فریب ہے وہ لاشوں پر قہقہہ لگا کر نہیں اچھل کود سکتا۔ وہ ظالم کو ظالم کہتے بھی نہیں ڈر سکتا، وہ فساد کو روکنے کیوں مچلے گا۔ ہمیں کہیں دھوکا ہوا ہے۔ ہماری آنکھوں پر پردہ ڈالنے کی کوشش کی گئی ہے کسی پوشیدہ مطالب کی خاطر منٹو کی تحریر کو آلۂ کار بنایا گیا ہے۔ منٹو کا طرز تحریر کبھی کبھی الجھا ہوا ہوتا ہے۔ وہ گھما کر کہنے کا عادی ہے مگر اتنا معلوم ہے کہ سیاہ حاشیے منٹو نے ہنس کر نہیں لکھے اور ہنسانے کے لئے نہیں لکھے اور نہ ہی کبھی وہ رجعت پسند ادب لکھے گا۔ خواہ اس کو کتنے ہی جھانسے دیے جائیں۔

یہ ہے اس ادب کی ایک جھلک جس نے فساد کے بیجوں بیچ جنم لیا۔
اب یہ دیکھنا ہے کہ اس میں سے کیا کچھ غیر فانی بنتا ہے۔ اور کیا کچھ عطار کی دوکان پر پڑیاں باندھنے کے کام میں آتا ہے۔ یہ کہہ دینا یہ سب ہنگامی ادب ہے اور اس ہنگامے کے ساتھ ساتھ اس کی ضرورت اور مقبولیت ختم ہو جائے گی غلط ہے۔ ہر زمانہ کا ادب ہنگامی ہوتا ہے۔ مولانا حالی نے بھی وقت ہنگامہ جو کچھ لکھا وہ غیر فانی صورت اختیار کر چکا ہے۔ گورکی کی تحریریں کبھی ماند نہ پڑیں گی۔ حالانکہ جس ہنگامہ کے سلسلے میں اس نے لکھا وہ اس کے ملک میں ختم ہو گیا۔ مگر اس کا ایک ایک حرف، اب بھی لوگ سینے سے لگائے بیٹھے ہیں۔ وہ تمام جو غلامی کی کریہہ رسم پر لکھا گیا۔ ہنگامی ہوتے ہوئے بھی لافانی بن گیا۔ اسپین کی بغاوت ختم ہو گئی لیکن FOR WHOM THE BELL TOLLS کی عظمت قائم ہے۔

لہٰذا وہ لوگ جو فسادات پر لکھے ہوئے ادب کو ہنگامی ادب اور وقتی پروپیگنڈا کہہ کر اس کی وقعت کم کرنا چاہتے ہیں وہ زیادہ تر وہی لوگ ہیں جو خود کچھ نہ لکھ سکے، یا شاید اس ادب کو اپنے مطلب کے خلاف پاکر اُسے گمنامی سے ڈرا کر میدان صاف کرنا چاہتے ہیں۔ ادب کی فنا اور بقا۔ نفس مضمون اور ادیب کی صلاحیتوں پر منحصر ہے۔ اس ادب کو وقتی ادب کہنا تنگ نظری کی دلیل ہے۔

اس سے میرا یہ مطلب نہیں کہ ہر ہنگامہ غیر فانی ادب پیدا کر سکتا ہے مثلاً اگر کسی نواب صاحب کے لاڈلے کتے کی شادی پر سہرا لکھا جائے یا کسی کلکٹر صاحب کے تبادلے پر شہر کے ہیڈ ماسٹر صاحب الوداعی مرثیہ لکھ دیں تو وہ بھی غیر فانی ہو جائے گا۔ غیر فانی ادب کو پیدا کرنے کے لئے ایک حساس دل کی ضرورت ہے اس طرف جہاں کی کوئی منزل ہو۔ ورنہ بقول شاعر

دہر میں مجروح کوئی جاوداں مضموں کہاں
میں جسے چھوتا گیا وہ جاوداں بنتا گیا